누구나 다 아는, 아무도 모르는

누구나 다 아는

아무도모르는

누구나 다 아는
이야기

바닥이 얼음처럼 차갑다. 집인가. 아니다. 꿈속이다.

비린내가 코를 찌른다. 악취가 덩굴이 되어 온몸을 감싸고 있다. 똑. 똑. 물방울 떨어지는 소리가 들린다. 눈을 뜬다. 하지만 너무 어두워 감았는지 떴는지 구분이 가지 않는다. 몇 초 지나자 희미하게 형체가 드러나기 시작한다. 천장까지 3m 정도 되는 공간이다. 한쪽 구석에 물이 고여 있고, 반대편에는 대소변과 구토한 흔적이 보인다. 그 주변으로 빵 봉지와 생수병이 굴러다닌다. 구역질이 난다.

허벅지를 타고 무언가 기어오른다. 소스라치게 놀라 다리를 털자, 엄지손가락만 한 바퀴벌레가 떨어진다. 숨이 차다. 고개를 돌리니 이번엔 검은 털 뭉치가 보인다. 죽은 쥐이다. 비명을 지르며 일어나 벽에 바짝 붙는다. 축축한 기운이 등을 타고 뼛속까지 스민다.

손바닥으로 벽을 짚어 가며 천천히 옆으로 걸어간다. 플라스틱 벽을 따라 물이끼가 뒤덮여 있다. 이끼가 벗겨진 부분에는 손톱으로 긁어낸 자국이 여기저기 나 있다. 손톱을 내려다보니 왼손 중지와 오른손 검지 손톱이 빠져 맨살이 빨갛게 드러나 있다.

벽에 난 손톱자국 밑에 삐뚤삐뚤한 글씨가 보인다. '정.연.우' 이름 옆에 그림이 그려져 있다. 엄마. 아빠. 아이. 그리고 또 다른 얼굴 하나가 유난히 크게 그려져 마치 그들을 내려다보고 있는 듯하다.

발끝에 차가운 것이 차인다. 집어 보니 쇳조각이다. 손에 들고 커다

란 얼굴을 채우듯 벽을 긁어낸다. 점차 속도가 빨라진다. 생살이 드러
난 손끝이 아파 온다. 멈추지 않고 긁어낸다. 발걸음이 들린다.

타박- 타박-

놀라 쇳조각을 손에서 놓친다. 뒷걸음질 치자 물컹- 하고 무언
가가 짓이겨진다. 죽은 쥐다. 비명이 튀어나오려는 찰나, 끼기긱-
거리는 소리와 함께 천장 뚜껑이 열린다. 빛이 초승달 모양에서 점
점 커지다가 태양이 뜬 것처럼 둥글어진다. 쏟아지는 빛에 눈을 제
대로 뜨지 못한다. 실체를 확인하려 안간힘을 쓰며 올려다본다. 얼
굴 하나가 빛을 등진 채 내려다보고 있다.

그다.

달걀귀신처럼 하얗게 번진 얼굴.

비명과 함께 잠에서 깨어난다.

왜, 영화에서 하룻밤 사이에 스타가 된 주인공이 주위의 급작스런 관심에 낯설어 하지 않는가. 그날 아침의 나도 그랬다. 눈을 뜨고 나니, 세상 모든 이목이 내게 집중되어 있었다. 순간 작년 크리스마스 날, 배우가 되게 해 달라 빌었던 소원이 이루어졌다고 생각했다.

"연우아, 괜찮니? 진짜 괜찮은 거야?"

간밤에 잠을 설친 아이를 달래는 말 치고는 유별났다. 마치, 괜찮다는 것을 증명해 보이기 위해 식탁 위에 올라가 훌라 댄스라도 한판 추어야 믿을 것 같았다. 그러고 보니 낯선 이들이 많이 보였다. 나는 눈만 끔벅거리다가 쏟아지는 관심에 황송스러워 오줌이 마렵기 시작했다.

얼떨떨한 상태로 엄마에게 화장실에 가겠다고 했다. 하지만 엄마는 정색하며 말렸다. 언제는 미리미리 다녀오라고 잔소리를 해 대더니. 엄마의 변덕은 어쩔 수 없다고 생각하던 차, 아버지가 나를 들쳐 업었다. 평소 살갑게 놀아주거나 하지 않았기에 쑥스러움이 밀려왔다. 하지만 홍조를 달랠 새도 없이 아버지 등에 업혀 밖으로 나갔다.

업혀 있으니 웬만한 어른들이 죄다 눈 밑에 들어왔다. 사람들은 먹이를 기다리는 아기 새처럼 입을 오므린 채 나를 바라보고 있었다. 학기말이면 늘 조회대에 올라 상을 받던 유신이의 기분이 이런 걸까, 생각했다.

　문을 열고 나가자 나도 모르게 탄성이 터졌다. 아파트 현관 앞에 장사진을 친 사람들 때문이었다. 내가 나서자, 카메라 플래시가 쉴 새 없이 터졌다. 꿈인가 생시인가 싶은 순간, 내 인생에서 가장 수치스러운 일이 일어났다. 당황한 나머지 그만, 아버지 등 위에 실례를 하고 만 것이다. 아버지의 회색 티셔츠가 내 소변으로 검게 젖어 들어가자, 플래시가 더 격렬하게 터졌다. 다시 떠올려도 내 인생 최악의 순간이다.

　이게 모두 엄마 탓이다. 화장실에 가고 싶다고 할 때 가도록 내버려 두었다면, 그 순간을 떠올릴 때마다 머리를 쥐어뜯는 일은 없었을 텐데. 아무튼, 내 실수로 인해 아버지는 오열했고 또다시 카메라 플래시가 폭죽처럼 터져 댔다. 다시 말해 그날 저녁 전 국민이 지켜보는 가운데 아버지 등 위에서 오줌 싸는 내 모습이 생중계 되고 만 것이다. 더 훗날에야 알게 된 일이지만, 내가 오줌을 싸고 그 모습에 오열을 터뜨린 아버지의 모습이 찍힌 사진이, 퓰리처상을 수상하기도 했으니 범상치 않은 장면을 연출했음은 분명하다. 그 덕에 내 인생 최대의 수치는 지금도 인터넷 상에서 클릭 한 번에 검색할 수 있으며, 죽은 후에도 후손들까지 내가 오줌 싸는 모습을 볼 수 있게 되었다. 아, 얼마나 원통하고 기막힌 일인가.

　나는 소변으로 축축해진 아버지 등에 업혀 구급차에 실렸다. 옷을 갈아입겠다고 말했지만, 아버지는 내 말이 귀에 들리지 않는지 반쯤 정신이 나간 채로 울기만 했다. 어른 남자가, 그것도 아버지가 내 앞에서 우는 모습은 난생처음 본 터라 왠지 죄책감이 들었다.

구급차에 실린 후, 각종 기계 장비로 검사를 받았다. 사람들은 마치, 내 몸에 있을 불온한 세포 하나를 찾기 위해 혈안이 된 듯 뒤지고 또 뒤졌다. 그러다가 구급대원이 내 배에 청진기를 댄 채 숨을 쉬지 말라고 지시해 약간 겁을 먹었다. 친구들과 목욕탕에 가면 잠수 내기에서 번번이 꼴찌를 하던 터라, 영 자신이 없었다. 하지만 아저씨가 꽤나 무서운 얼굴로 말해서, 숨을 내뿜으면 폭발하기라도 할까 봐 될 수 있는 한, 딴생각을 하려 했다.

간밤에 무슨 꿈을 꾸었는지 곰곰이 떠올렸다. 분명 꿈을 꾸기는 했던 것 같은데, 내내 몽롱하기만 했다. 사실, 사람들 앞에서 실수를 한 뒤로 머릿속이 표백된 듯 말개져 어떤 것도 떠올릴 수가 없었다. 문득 지훈이가 보진 않았을까, 걱정이 들었다. 같은 아파트에 살기 때문에 지나치다 봤을지도 모른다. 순간 내 첫사랑이 이렇게 허무하게 깨져 버린다니, 그대로 터져 버리고만 싶었다. 가까스로 마음을 가다듬었을 때 숨을 쉬어도 좋다는 말이 들려왔다.

정상이 아니다. 눈을 뜬 이후로 정상적이지 않은 일들 투성이다. 늦잠 자는 나를 깨우려 엉덩이를 내려치는 엄마도, 아침마다 화장실에서 나오질 않아 애를 태우는 아버지도. 모두 이상했다. 우리 집에 모여 있는 그 낯선 사람들도, 집 앞에서 아버지 등에 오줌 싸는 것을 찍어 대던 그들도. 특별히 아픈 곳이 없는데 내 몸을 훑어 대는 구급차 안의 사람들도 모두 정상이 아니었다.

처음에는 잠이 덜 깼구나, 했다. 하지만 아버지의 오열 이후 이 모든 상황이 어처구니없는 현실임을 깨달았다. 두려웠다. 나에게 무슨 일이 일어난 것일까. 암호가 적힌 메모 조각을 찾아 머릿속을 헤집어 댔다. 하룻밤 사이 변화치고는 너무 다채로웠기에, 좀처럼 실마리를 잡을 수가 없었다.

누군가에게 자초지종을 묻고 싶었지만, 부모님은 나를 부둥켜 안고 놓지 않았다. 게다가 엄마는 카메라 앞이라 그런지 과장되다 싶을 정도로 서럽게 울기만 해서 말을 붙이지 못했다. 십여 분 뒤, 나는 한 병원으로 옮겨졌고 그때서야 젖은 바지를 갈아입고 씻을 수 있는 자유가 주어졌다. 궁금한 것이 많았지만 주위 모든 사람들이 흥분 상태였기에 차마 입을 열 수 없었다. 어찌 됐든 옷을 갈아 입고 난 뒤 이야기해 보자는 생각에, 바지를 벗었다. 그때 깨어나 사십 여 분 만에 처음으로 거울을 보았다.


내가 이렇게나 잠버릇이 심했던가 하는 생각이 스쳤다. 거울에 비친 나는 멍과 상처로 뒤덮여 있었고, 몹시 말라 있었다. 짧았던 머리는 어깨를 스치는 단발이 되었고 삐쩍 마른 얼굴에는 퀭한 눈동자 두 개만 덩그러니 남아 있었다.

　그랬다. 거울을 보기 전에는, 내 몸이 어떤 상태인지 전혀 파악하지 못해 아픔이라든가 고통 따위도 느껴지지 않았다. 하지만 거울을 보고 난 뒤 비로소 믿기 힘든 일이 벌어졌고, 몸에 난 상처들을 보고서야 내가 아프다는 것을 깨달았다.

　재밌지 않은가. 내 뇌는 어젯밤 부모님의 잔소리를 꿋꿋이 참아내며 토요 명화를 보고 잠든. 그저 평범한 일상을 지내고 난 후였다. 하지만 거울 속에 비친 몸은 상상할 수 없을 정도로 나쁜 일이 있었음을, 짐작케 했다. 무슨 이유에선지 거울을 보기 전에는 상처난 자리가 아프지도, 배가 고프지도 않았다. 하지만 거울 속에 비친 내 모습을 찬찬히 살펴본 뒤에야 비명을 질렀고 곧 팔목이 골절되었다는 사실을 깨달았다. 뒤이어 엄청난 갈증과 함께, 말로 표현하지 못할 만큼의 허기가 몰려왔다. 결국 온몸이 으스러지는 고통에 쓰러졌다. 부모님과 의료진이 뛰어왔지만, 그대로 기절해 일어나지 못했다.

　사흘 뒤 깨어났을 땐 병원이었고 내 몸은 움직일 수 없을 만큼의 붕대와 깁스, 그리고 주삿바늘들이 꽂혀 있었다. 다섯 군데 골절과 찰과상을 비롯한 외상, 그리고 폐렴과 극심한 영양실조였다. 완쾌될 때까지 꼬박 육 개월이란 시간이 걸렸다. 억울했다. 늦잠이라고

해 봤자 고작 몇 시간 안팎이었을 텐데, 시간에 비해 받아야 할 벌이 가혹했다.

하지만 주위 사람들의 생각은 달랐다. 이만한 것만으로도 천운이라며 여전히 서럽게 울고 있는 부모님의 어깨를 토닥였다. 더욱 놀라운 것은, 나는 토요일에서 일요일까지 열 시간 안팎을 보낸 것이 아니라, 한 달하고도 반이 훌쩍 넘는 시간. 즉 49일을 보냈다는 사실이었다.

의식을 차리고, 정상적인 대화를 할 수 있게 되자, 무차별 질문이 이어졌다. 부모님을 비롯하여, 의료진, 경찰 관계자, 방송국 기자, 거기다 정체를 알 수 없는 무속인까지. 그들이 주로 내게 한 질문은 세 가지 정도이다.


"어디에 있었는가?"

"너를 데리고 간 사람은 누구인가?"

"도대체 무슨 일이 있었는가?"


안타깝게도 세 가지 질문 중 어느 하나도 만족스러운 답변을 하지 못했다. 당연하지 않은가. 나는 단지 어젯밤 토요 명화를 보고 잠들었을 뿐이니. 하지만 사람들은 포기를 몰랐다. 처음에는 조근조근 내가 알고 있어야 하는 것들에 대해 묻더니, 성질 급한 기자

하나는 다짜고짜 재촉하여 아버지에게 뺨을 맞고 쫓겨나기도 했다. 또한 심리 치료라는 명목 하에 최면으로 기억을 상기시키려 해봤지만, 내 전생이 노르웨이의 시골 처녀라는 것만 알아냈을 뿐 별소득이 없었다.

그렇게 나는 토요 명화 이후 49일간의 시간을 송두리째 잃어버린 것이다.


사건을 요약해 보자면 이러했다. 토요 명화를 본 후 깨어난 일요일, 놀러 나간다며 집을 나섰다. 그길로 실종되어 49일이 흘렀다. 실종된 지 사흘 후. 나를 유괴했다는 범인으로부터 전화가 걸려왔고, 곧 경찰을 비롯하여 모든 언론에 유괴 소식이 전해졌다. 유괴 사건은 전국 방송을 타고 49일간 하루도 빠짐없이 거론되었으며 세간의 관심이 집중되었다. 물론 여타의 유괴 사건들도 초유의 관심을 받고 국민들의 염려를 산다. 하지만 내 경우가 유독 이목을 끌었던 이유가 있다. 49일에 걸쳐, 나를 유괴했던 이로부터 학대받고 고통 받는 모든 과정이, 부모님과 전 국민에게 중계 아닌 중계가 되었기 때문이다.

4, 5일 단위로 고통 받는 내 목소리가 녹음된 테이프나 사진이 방송국으로 배달되었다. 덕분에 전 국민이 나와 한마음으로 고통을 받았다. 그렇게 '나의 유괴범'은 독특하고 잔인했다. 그리고 49

일이 되던 날 아침. 나는 내 발로 걸어 들어와 집 앞에 쓰러져 있었다. 이것이 토요 명화 이후 49일 동안 나에게 벌어졌던 일이다.

이렇게 담담히 말할 수 있는 이유는 내가 그것에 대해 일절 기억하지 못한다는 데 있다. 나는 그저, 사람들에게 내가 어떤 시간을 보냈고 어떤 고통을 받았는지 '전해 들었을 뿐'이다. 주말 연속극을 놓친 월요일, 친구에게서 연속극의 줄거리를 전해 들은 것과 별반 다르지 않다. 나를 제외한 전 국민은 생방송을 통해 49일간의 고통을 전해 들었고, 나는 49일 이후 재방송을 통해 나의 고통을 전해 들었다. 단지 그뿐이다.

내가 너무 단순했을까. 단지 그뿐, 이라는 생각과 달리 주위의 반응은 실로 엄청났다. 친절하게도 유괴범이 49일의 시간을 낱낱이 전 국민에게 중계했던 탓에 사람들은 상상할 수 없을 만큼의 고통을 느꼈다. 하지만 아이러니하게도 그 아픔을 느끼지 못한 이는 정작 당사자인 나뿐이었다. 나는 각종의 심리 테스트에서도 지극히 정상적인, 그러니깐 토요 명화를 보고 늦잠을 잔 열 살 소녀의 정신 상태였다.

정말로 아무렇지 않았다. 한숨 푹 자고 일어났는데, 사람들이 "넌 49일 동안 형언할 수 없는 고통을 당했어! 그러니깐 매우 아프고 슬픈 상태야."라고 말한다 해서, 당장 그런 감정을 느낄 수는 없지 않은가. 내가 고통을 당했다고 짐작할 수 있는 것은, 내 몸 깊이

패여 지워지지 않는 상처를 바라볼 때 뿐이었다.

그날 이후, 어쩌 됐든 나는 대한민국에서 가장 유명한 열 살짜리가 되었고 몹시 "고통스럽고 슬픈 아이"가 되었다. 하지만 어쩌나. 난 엄청난 말괄량이에 낙천주의자인데. 사실, 그때 제일 고통스러웠던 건, 잃어버린 49일보다 아무렇지 않은 아니 약간은 유쾌한 기분을 억지로 가라앉혀 사람들이 말하는 "고통스럽고 슬픈" 척 해야만 하는 상황이었다. 그럴 만도 한 것이 그 당시에는 내 행동 하나하나에 전 국민이 놀라고 슬퍼했다. 나는 전 국민의 리액션을 이끌어 낼 수 있는 대한민국에 몇 안 되는 인물이 된 것이다.

그 후로 내가 어떤 행동을 하면 사람들이 슬퍼하고 고통스러워하는지 정확하게 파악해야 했다. 그래야만 그들의 고통과 슬픔을 조금이라도 덜어줄 수 있었기 때문이다. 예를 들어 내가 평소와 다른 행동을 하면 주위는 비상사태에 들어갔다. 내 작은 행동에도 예민하게 일어나는 반응에 나는 점차 어떤 행동을 하고 하지 말아야 하는가에 대한 일련의 기준을 세울 수 있었다.

울거나 화를 내면 부모님이 슬퍼하고 경찰이나 병원 등, 원치 않는 곳에 가야만 했다. 그렇다고 과도하게 웃거나 즐거워해도 뭔지 모를 의심의 눈초리가 쏟아졌다. 그렇게 나는 점점 사람들의 반응을 관찰하고 컨트롤하는 데 노련해졌다.

49일간의 고통스러운 시간을 지내고 아무렇지 않게 깨어난 지 3주 정도 되었을 무렵. 드디어 겁이 나기 시작했다. 뒤늦게 찾아온 두려움은 예상보다 훨씬 견디기 힘들었다. 매일 밤낮을 울었고 갑자기 소리를 지른다거나 혼자 중얼거린다거나 하는, 심각한 우울증이 찾아왔다. 내 심경 변화에 주위 사람들, 특히 경찰들은 드디어 범인을 잡을 만한 단서가 기억났다며 반색했다. 하지만 원통하게도 내 기억은 멈춰 있었다. 49일 전 토요 명화에.

한 달이 지난 후에도 어떠한 기억도 떠올리지 못했다. 49일이라는 시간 중 단 하루도. 아니 단 한 시간도 기억해 내지 못했다. 마치 합격을 판가름하는 마지막 문제를 앞두고 좀처럼 답이 떠오르지 않는 수험생처럼 괴로웠다. 그런 내게 사람들은 곧 기억을 찾을 거라고. 그래서 범인을 잡게 될 거라 위로했다.

하지만 나는 정작 기억 때문에 두려웠던 건 아니다. 내 두려움의 원인은 내가 고통스러웠다는 사실을 나를 뺀 모두가 알고 있고, 당사자인 나는 알지 못한다는 일이었다. 살아오면서 혹, 자신의 결점이나 치부에 대해 주위의 수군거림을 느껴 본 적이 있는가. 차라리 면전에 대고 말하면 욕이라도 퍼부어 줄 터인데, 나만 쏙 빼고 모든 이가 내가 모르는 나의 어떤 점에 대해 수군거리는 일. 그건 당해 본 사람만이 아는 끔찍한 기분이다.

병원에 있어도, 집에 있어도, 길거리에 나가도, 세상 모든 이들이 나를 보고 수군거렸다. 그 수군거림에는 잃어버린 49일에 대한 동정이 태반이었고, 어떤 이는 대신 화를 내주기도 하고 내 앞에서 우는 이도 있었다. 하지만 나는 그들이 왜 나를 그토록 동정하고 내 일에 분노하고 또 슬퍼하며 괴로워하는지 알 수 없었다.

　누군가가 들으면 기겁할 이야기지만 그때는 이런 생각까지 했다. 토요 명화의 우스꽝스런 장면이 아닌 49일간의 고통을 하루. 아니 단 한 시간만이라도 느낄 수 있다면 얼마나 속이 시원할까, 라고.

　답답했다. 한 번은 뉴스 프로에서 취재하러 온 적이 있었는데, 하마터면 마이크에다 "나는 아무렇지 않아요! 그냥 자다 깼을 뿐이라고요!"하고 외칠 뻔했다. 가능하다면 그들이 나를 보고 느끼는, 느꼈을 그 고통과 슬픔을 조금이라도 나눠 받고 싶었다. 정말 답답했다. 내 몸에 난 상처와 질병들 때문에 아픈 게 아니라, 답답함에 아팠다.

　나만 모른다는 두려움은 어떤 감정보다 공포스러웠다. 두려움은 점점 커졌고, 함께 절망도 자랐다. 나는 모르지만 나를 제외한 '누구나가 다 아는 나의 이야기' 그것은 내 머릿속 신경 줄기 하나하나를 손톱으로 싹싹- 긁어 대는 고통이었다.

말 그대로 한여름 밤의 꿈이다. 잡히지 않는 신기루. 잃어버린 49일간의 신기루는 대체 내 몸 어디에 잠적해 있을까. 그것을 알아내기 위해 많은 이들이 애썼다. 하지만, 그 후 석 달이 지나고, 반년이 지나고 그 세월의 곱이 지난 후에도 기억하지 못했다.

나는 한때 사람들의 기대를 충족시키기 위해, 억지 기억을 만들어 내기도 했다.

"그 사람은 나이 든 할아버지였어요."
"그곳에서 일만 했어요."

하지만 모두 땡-

내가 지어낸 기억보다, 사람들이 가진 49일간의 사실이 더 두터웠다. 뉴스로 중계된 남자의 목소리는 청년이었고, 그의 말에 의하면 49일 동안 나는 한 곳에 감금되어 있었다고 했다. 사람들은 조목조목 내 말의 오류를 집어내며 되물었고, 나는 곧 겁에 질렸다. 이럴 수가, 피해 당사자보다, 제삼자들이 사실에 더 가깝게 알고 있다니! 게다가 사람들은 나중엔 나보다 그 범인의 말을 더 믿는 듯 보였다. 그래서 어린 마음에 그 남자에게 질투 비슷한 감정을 느낀 적도 있었다.

아무튼 내가 자꾸만 거짓말을 번복하자, 부모님은 나를 다그치

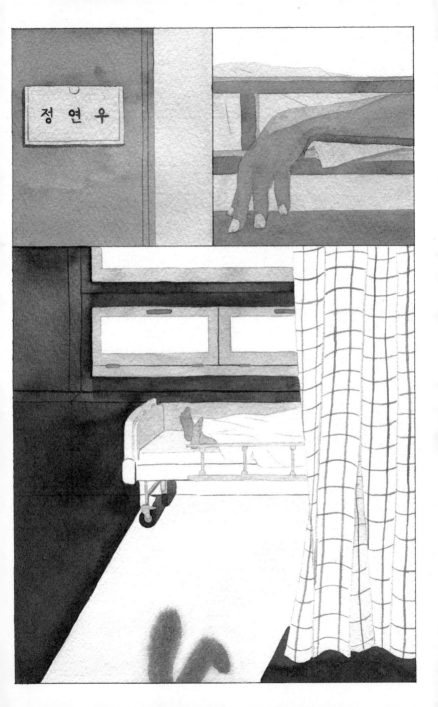

며 혼냈다. 그러자 더 이상 내 기억을 사람들의 기대에 맞춰 조작
하지 않게 되었고, 점점 거짓말을 비롯한 모든 말을 잃어 갔다. 내
가 말을 잃어 가자, 기이하게도 주위 사람들은 말수가 늘었다.

"어디 아픈 거 아니니?"

"애 후유증 오나 봐"

사람들은 내가 금방이라도 바스러져 버릴 듯 대했고, 부모님은
내 눈치를 살피는 데 급급했다.


이즈음 해서, 내 49일간의 시간을 앗아간 그에 대해 이야기해야
겠다. 결론부터 말하자면, 범인은 잡지 못했다. 내가 잠에서 깨어
난 뒤, 기름에 불이 붙은 듯 수사는 활기를 띠었지만 곧 난항을 겪
었다. 그사이 우리 동네 자장면 배달원, 옆집 아저씨, 같은 반 친구
아버지 등 몇 명의 애꿎은 용의자만 곤욕을 치렀을 뿐 별다른 성과
는 없었다. 그 중 같은 반 친구 아버지는 유괴 당일 우연히 내가 차
를 얻어 탔던 정황이 밝혀져, 유력한 용의자로 몰려 고초를 겪기도
했다. 하지만 강압적인 심문에도 확실한 증거가 확보되지 않은 데
다가 내가 49일 만에 돌아오자, 결국 무죄로 풀려났다.

그렇게 몇 번의 헛발질 끝에도 별다른 결과가 나오지 않자 경찰
은 부모님을 용의자로 지목했다. 희생양을 찾기 시작한 것이다. 내
가 실종되던 날 아버지와 함께 있는 걸 봤다는 사람이 나오기도 하

고, 부모님이 돈을 목적으로 유괴 사건을 꾸며냈다는 말도 떠돌았다. 하지만 모두 뚜렷한 실체 없이 떠도는 소문들이었다.

사람들이 무심결에 한 마디씩 내뱉은 소문은, 우리 가족에게는 수천수만 촉의 화살이 되어 돌아왔다. 기어코 아버지가 딸아이를 범한 파렴치범으로 몰리기까지 했다. 그 소문을 들은 아버지의 얼굴이 시멘트 빛으로 굳어지던 순간을 잊지 못한다.

부모님을 물어뜯는 일이 시들해지자, 그 다음은 나였다. 초반에는 내가 당한 일이 너무 끔찍해서 기억하지 못하는 척 하는 거라 했다. 또 질 나쁜 이들은 내가 당했다고 추측되는 일들을 과장해서 떠들어 댔다. 49일 동안 섬에 팔려가 창녀촌에 있었다느니 포르노 비디오에서 나를 봤다느니. 그 내용은 지금 생각해도 치가 떨릴 정도로 저질스러운 것뿐이다.

그런 일도 있었다. 어떤 영화감독이라는 사람이 내 유괴 사건을 바탕으로 영화를 만들겠다고 찾아왔다. 아버지는 시나리오를 보자마자 쓰레기통에 던져 버렸다. 직접 보지 못해 자세히 기억은 안 나지만, 거의 사이코 에로 영화 수준이었다고 한다.


종종, 내 유년시절의 기억을 동화 '신기한 나라의 앨리스'와 비교 한다. 한여름 밤의 꿈. 말하고 움직이는 토끼를 따라 환상의 세계에 빠졌다 온갖 모험을 하고 돌아와 보니 허무하게도 모든 게 낮

잠이었다 라고 말하는 그 기묘한 이야기 말이다.

잠든 시간 동안 미지의 세계에 빠졌었다는 것과, 돌아온 뒤 자신이 겪었던 시간을 잃어버렸다는 점에 동질감을 느껴 앨리스와 나를 동일시했다. 또한 앨리스는 자신을 환상의 세계로 이끌었던 조급증 강한 토끼를 궁금해하고 그리워했다. 나에게 범인이란 존재도 앨리스의 토끼와 비슷한 의미였다. 나를 미지의 시간 속으로 이끌었던 그 남자가 몹시도 궁금했다. 하지만 앨리스와 내가 다른 점이 하나 있다면. 앨리스는 그 토끼에게 긍정적이었지만, 나는 궁금증을 제외하고는 모든 것이 부정적이었다.

나에게 고통을 주었던 사람이고, 주위에서 그렇게 느끼도록 주입시킨 탓도 있겠지만. 가장 큰 원인은 '모른다는 공포'였다. 내 꿈 속에서 그는 항상 얼굴 없는 달걀귀신의 형태였다. 사람들이 달걀귀신을 두려워하는 건, 표정을 읽을 수 없고 존재를 짐작할 수 없기 때문이 아닐까. 그러하기에 그는 나에게 상상 속 불투명한 공포의 대상이었다.

하지만 상상 속에 존재하는 공포는 그저 관념적일 뿐. 막연히 유령이나 신의 존재에 대해 의구심을 가지는 것처럼, 존재 자체를 부정해 버리면 그만이다. 반면 실체가 없는 유괴범보다 그때의 내가 잠을 잘 수 없을 정도로 벌벌 떨며 무서워했던 건 따로 있었다.

앨리스가 토끼를 따라갔다가 토끼는 놓쳐 버리고 다른 괴물을 만난 것이다. 그 괴물은 수십 수백 개의 눈과 입이 달린 무시무시한 모습이었다. 소리치며 도망쳐도 괴물은 늘 내 코앞에 바짝 다가와 아귀를 쩌억 벌린 채 서 있었다. 놈은 내 사지를 부여잡은 채, 수 백 개의 눈알을 희번덕거리며 그날의 일들에 대해 묻고 또 물었다.

괴물의 실체는 바로 사람들의 시선이었다. 그렇다. 나는 유괴범보다 내 주위를 둘러싼 수십 수백 개 눈과 입이 더 두려웠다. 내게 유괴범이 기억나지 않는 악몽이었다면, 사람들은 현실에서 마주치는 살아 있는 괴물이었다. 나는 그 괴물에게 잡아먹히지 않으려 안간힘을 다해 버텨야만 했다. 그렇게 실재하지 않는 괴물과 실재하는 괴물 사이에서 꼬리잡기를 하며 결승점이 없는 마라톤을 하는 나날이 이어졌다.

그런 생각을 했다. 어쩌면 사람들이 진짜 관심 있는 건 내 잃어버린 기억이나 상처 따위가 아닐지도 모른다고……. 누군가 들으면 피해망상으로 치부하겠지만, 그 생각은 시간이 지날수록 확고해졌다. 사람들의 관심은 점점 더 자극적인 쪽으로 쏠렸기 때문이다. 사람들은 내 상처의 깊이보다 그 상처를 낸 도구가 얼마나 날카로웠는지를, 49일의 기억보다 49일 이전과 이후의 일들에 더 관심을 보였다. 진실은 담백할수록 빨리 소멸되었으며, 소문은 양념이 가미될수록 빠른 속도로 퍼져 나갔다.

어느 날 문득 나는 부모님의 눈물을 보기가 싫어졌다. 솔직히 말하자면 지겨워졌다. 그 때문에 운다거나 소리를 지른다거나, 하는 '그 사건'과 관련된 어떠한 행동도 하지 않게 되었다. 점차 나는 토요 명화를 보던 정상적이고 평범한 아이로 돌아갔다.

하지만 아직도 입을 오므리며 '그날들'을 되새김질하는 많은 이들 때문에 우리 가족은 이민을 떠날 수밖에 없었다. 그렇게 서서히, 아니 어쩌면 갑작스레 나만 잃어버렸던 49일간의 시간을 부모님, 가족들. 그리고 전 국민이 잃어버리게 되었다.

그리고 거짓말 같이 하얗게- 그 누구도 기억하지 못할 만큼 이십 년이라는 시간이 흘렀다.

열 살이었던 내가 이십여 년이 지나 어느덧 서른을 넘겼다. 이민을 떠난 후, 한국에 돌아온 지는 일 년쯤 되었고 지금은 한 중소도시에서 영어학원 강사로 일하고 있다. 그리고 유괴 사건으로 수명이 단축되었던 게 분명한 부모님은 교통사고로 두 분 모두 돌아가셨다.

가족의 죽음은 받아들이기 쉽지 않은 일이라, 지금도 가끔 술에 의지해 버티고 있다. 결혼은 하지 않았고, 애인은 있었으나 석 달 전 헤어졌다. 서른하나의 나는 실패한 이민 세대의 표본처럼 살고 있지만, 의식주는 해결하고 있어 그다지 불만은 없다.

이민 생활은 적응하기 힘들었다. 물론 처음에는 시선으로부터의 자유가 주어지자, 홀가분했다. 시선에서 자유롭고자 이민을 왔으니, 그 해방감은 사이즈가 안 맞는 속옷을 억지로 입고 있다 벗어던진 듯 상쾌했다. 무엇보다 내가 오줌 싸던 모습을 기억하는 사람이 없다는 사실에 안도했다.

하지만 곧 공허해졌다. 부모님은 더 이상 그 일로 고통 받고 싶어 하지 않아, 그 사건에 대해 언급하는 일은 집안의 금기 사항처럼 여겨졌다. 나도 부모님의 생명 단축에 막대한 책임감을 느끼고 있었던 터라, 다른 아이들보다 과도하게 밝고 씩씩하게 자라려 노력했다. 하지만 그럴수록 내 안의 무언가가 어긋났다. 채 치유되지 않은 상처를 억지로 봉합하려 하다 보니, 그 틈 사이가 미묘하게

아무도 모르는
이야기

어긋나 결국에는 본래의 형태를 잃고 전혀 엉뚱한 모양으로 새살이 자라났다.

나는 내면의 공허함을 감추기 위해 늘 겉을 부풀리는 데 힘썼다. 남들보다 목소리를 크게 하고, 과장된 표정을 지었으며 곧잘 허풍을 떨었다. 처음에는 많은 이들이 밝고 활달한 내 모습에 매력을 느껴 다가왔다. 하지만 시간이 지나, 사실은 속이 빈 허풍선이라는 걸 알고 놀라 달아나곤 했다. 어디를 가나 나는 겉과 속이 다른 애, 속을 알 수 없는 사람, 가식적인 인간으로 통했다. 그렇게 이십 년 동안 내 곁을 스쳐 지나간 많은 이들과 수없는 이별을 하며 나는 만성적인 외로움에 시달렸다.

부모님이 돌아가시자마자 한국으로 돌아가고 싶었다. 가능하다면, 빨리. 한국으로 돌아간다고 해서 살갑게 받아 줄 친척이 있는 것도 아니었다. 부모님 두 분 다 반고아로 자랐기에, 명절 때마다 가족 모두 서러웠던 기억이 많다. 하지만 무언가에 쫓기듯, 아니 어떤 것에 빨려오듯 미국 생활을 정리하고 한국으로 왔다. 물론 부모님의 죽음이 가장 큰 이유였지만, 그보다는 외로움에 지쳐 있었다.

한국으로 돌아오기 며칠 전부터 몹시 긴장했다. 사람들이 과연, 나를 기억하고 알아볼 수 있을까. 혹 알아본다면 어떤 태도를 취해야 하는 걸까. 이런 저런 고민에 잠을 설치며 드디어 한국행 비행기를 탔다. 하지만 비행기에서 내려 한국 땅을 밟는 순간, 부질없는 고민이었음을 깨달았다.

그 누구도 나를 알아보지 못한 것이다.

처음 한국에 와서 화려하게 은퇴한 여배우마냥 도도하게 코를 치켜들고 거리를 헤맸다. 혹시나, 누군가가 나를 알아보기라도 한다면 수상소감을 준비하듯 상황에 맞는 말과 행동을 자기 전 머릿속으로 그려두기도 했다.

그러나 웬일, 아니 너무도 자연스럽게 그 누구 하나 내 존재에 대해 신경 쓰지 않았다. 어렴풋 배신감도 느꼈다. 한때는 원치 않아도 과도한 관심을 쏟던 이들이, 나에 대한 기억을 이리도 쉽게 지웠다는 사실이 원망스러웠다.

그 누구도 "괜찮냐?"라고 묻지 않았고 "도대체 무슨 일이 있었냐."라고 다그치지 않았다.

밀려오는 허탈감에 사건을 담당했던 담당 형사를 찾아가 보기도 하고, 심리치료를 전담했던 정신과 의사에게 면담 신청도 했다. 그러나 이십 년이란 세월은 그리 만만치 않았다. 담당 형사는 이미 오래전 퇴직해 황혼 이민을 떠났고, 정신과 의사는 아이러니하게도 과도한 스트레스에 자살했다.

어릴 때는 사람들의 시선 때문에 괴로워했으면서 이십 년이 지난 이제 와 자신을 아무도 기억하지 않는다는 사실에 허탈해하는 게 이상하다는 것을 안다. 그 모순된 감정에 대해 구체적으로 설명하라고 하면 하지 못하겠다. 굳이 유추해 보자면 '오랜 이민 생활 탓으로 온 정체성의 혼란' 혹은 '부모님의 죽음으로 인한 존재의 불확실성' 따위로 변명할 수 있겠지만… 그마저도 납득이 어렵기는 마찬가지다. 고민 끝에 그 모든 희뿌연 감정들을 뭉뚱그려 낸 단어는 결국 '외로움'이었다.

외로웠다.

마치, 어린 시절 추억을 공유했던 동네 친구들이 하나둘 이사를 가고 놀이터에 덩그러니 혼자 남겨진 기분이었다.


한국에 도착해 몇 달 동안이나, 혼이 빠진 사람처럼 넋을 놓고 다녔다. 그러다 상실감을 이기기 위해, 이제는 고층 아파트촌으로 바뀐 어릴 적 동네를 찾아갔다. 가서 번지마다 문을 두드려 보기도 하고, 어떤 날은 굉장히 튀는 복장으로 시내 한복판을 거닐기도 했다. 하지만 모두 정신 나간 여자쯤으로 취급할 뿐이었다.

그러다 한날은, 사건 당시 다녔던 초등학교 동창을 찾아간 적이 있었다. 물론 희미한 기억이지만, 동창은 고맙게도 나를 알아봐 줬고, 감개무량하게도 49일 중 한 이십 일쯤은 기억해 냈다. 하지만 그게 다였다. 어색하게 몇 마디 안부가 오고 간 후, 그 친구는 이십 년 동안 자신의 피부가 얼마나 망가졌고 배 둘레가 얼마나 두꺼워

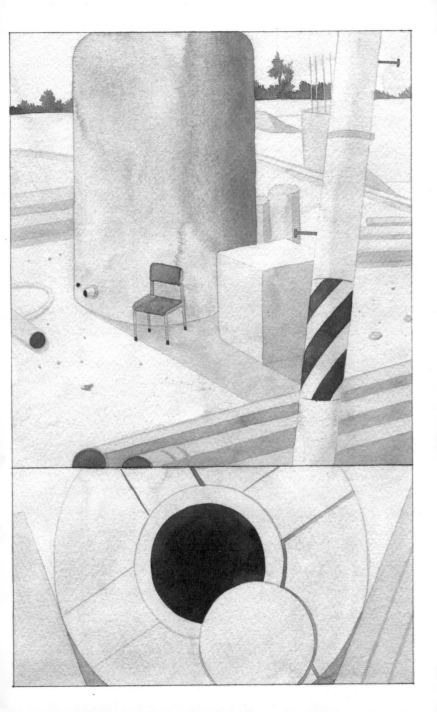

졌는지에 대한 한탄만을 장장 두 시간 동안 늘어놓았다. 나는 이십 년의 세월이 여성의 미모를 어디까지 황폐화시키는지에 대한 감흥만을 얻은 채 씁쓸하게 돌아와야만 했다.

그날 집으로 돌아오는 길, 비로소 깨달았다. 현재의 나에겐 화려한 스포트라이트는커녕, 노래방 천장에 붙은 싸구려 조명조차 쏴주지 않는다는 사실을.


재미난 일이 있다.

아무도 나에게 49일간의 시간이나, 정체 모를 남자에 대해 묻지 않게 되자, 하나씩 그 질문에 답을 할 수 있게 되었다. 이십 년 전에는 어떤 방법을 써도 떠오르지 않았던 사건의 실마리가 한국에 도착한 후부터 툭툭 튀어나오기 시작했다. 말 그대로 실마리이다. 내 뇌는 마치 내가 받을 충격에 대비해 갓난아기를 달래듯 49일간의 시간을 만 개의 조각으로 잘게 썰어 미끼처럼 하나씩 던져주었다.

주로, 잠들 때나 잠에서 깰 때 찰나 같은 단상들이 이어졌다. 짧게는 일주일에 한 장면씩, 길게는 한 달에서 두 달 간격으로 기억이 되살아났다. 그렇게 일 년이 흐른 지금 기억의 조각을 얼기설기 이어 붙여 대충 기억의 지도를 만들 수 있게 되었다.

이십여 년간 묵혀 있던 기억 중 제일 처음 떠오른 것은 바로 '물탱크'였다. 그렇다. 나는 49일간 빈 물탱크 속에 있었다. 그 사실을 기억해 냈을 때는 그다지 괴롭지 않았다. 사실 상상 속에선 무난하게 지하실로 시작해, 옥탑방, 화장실, 옷장. 심지어 꼼짝달싹 할 수 없는 '관'까지 이미지화되었기 때문이다.

물탱크에서 49일 동안 남자가 던져 준 음식과 썩기 직전의 고인 물을 받아 마시며 버텼다. 물탱크 안은 빛이 들어오지 않아 캄캄했다. 어둠 사이로 찰랑이는 물소리와 정체 모를 벌레 소리가 끊임없이 이어졌다. 한동안은 꿈을 꾸어도 까만 어둠 속에서 그 소리만이 반복될 뿐이었다.

'찰랑. 찰랑. 쩌르르. 쩌르르. 찍. 찍.'

여름밤, 모기 한 마리가 귓가에서 맴도는 것처럼. 손에 잡히지 않는 이명이 끝없이 이어졌다. 덕분에 지난 일 년간 극심한 불면증에 시달려야만 했다.

기억의 잔재는 시간의 순서를 역행하기도 하고 앞지르기도 했다. 그래서 무엇이 먼저이고 뒤였는지는, 하루 날을 잡아 죽 정리해야만 뚜렷하게 줄기가 보였다. 그간 떠오른 기억을 토대로 하면, 나는 이십 년 전 토요 명화를 보고 잠들었다가 일요일 아침에 깨어나 친구를 만나러 나갔다. 친구가 나타나지 않아 혼자 동네 슈퍼에서 아이스크림을 먹으며 기다리고 있었는데, 그때 우연히 다른 친구 아버지를 만났다. 그리고 그 아저씨 차를 얻어 타고 친구네로 향했다. 하지만 무슨 이유에서인지 가는 도중 길가에 혼자 내렸다.

그 후 집으로 돌아가려는 길에 고등학생으로 보이는 한 남자가 다가왔다. 남자를 만난 것까지는 기억이 나는데 그사이 기억은 끊어졌다. 그리고 이어진 기억은 물탱크 안이다. 그 빈 물탱크에서 49일을 지냈고, 겨우 생명을 유지할 수 있을 정도의 음식과 물을 섭취하며 버텼다.

여기까지가 반년간의 기억이고, 그 뒤는 좀 더 구체적이고 뚜렷한 기억으로 이어졌다. 남자의 목소리는 나이에 비해 낮고 진중했으며, 마르고 키가 큰 체격이었다. 그는 내게

'겁내지 마.'

'다 잘 될 거야.'

라는 말을 자주 했고, 우는 것을 몹시 싫어했다.


안타까웠다. 왜, 이제야 이런 기억이 떠오르는지에 대한 의문과 함께 원통함이 밀려왔다. 기억을 떠올려 봤자 들어 줄 사람이 아무도 존재하지 않기 때문이다. 전국을 떠들썩하게 한 유괴 사건이었지만, 나는 다행히 살아 돌아왔고. 남자는 그 후 다른 범죄를 저지르지 않은 듯했다. 게다가 내 사건의 공소시효는 이미 만료된 상태이다.


처음 기억이 떠올랐을 때에는 몹시 흥분됐다. 이 사실을 얼른 경

찰이든, 언론이든 누군가에게 알려 범인을 잡겠다는 마음에 두근 거렸다. 그러나 하나같이 짠 듯한 반응을 보였다. 그 누구도 내 말을 믿어주지 않았을 뿐더러 그런 사건이 있었다는 것조차 기억하지 못했다. 어떤 이는, 나를 관심 받고 싶어 하는 거짓말쟁이로 치부하며 심한 모욕감을 주기도 했다.

나는 잃어버렸던 49일을 일분일초까지 세세히 기억해 낸다고 해도 그 누구도 관심 가질 사람이 없다는 사실을 깨달았다. 사람은 망각의 동물이다. 조명이 비치지 않는 곳에서는 타인의 고통에 대해 무감할 수밖에 없는 이기적 존재다.

또다시 혼자였다. 토요 명화를 보고 난 뒤 늦잠에서 깨어나 믿을 수 없는 일이 펼쳐졌던 열 살의 나. 그때의 나는 나를 제외한 모든 이가, 내 잃어버렸던 기억에 대해 알고 있었다. 그 순간, 참지 못할 두려움과 소외감을 느꼈다. 하지만 이십여 년이 지난 지금, 아주 세부적인 사항까지도 진술할 수 있을 만큼 기억이 되살아났지만, 세상 그 누구도 지난 49일에 대해 알지 못한다.

누구나 알고 있는 이야기. 하지만 나만 모르던 공포. 아무도 모르는 이야기. 하지만 나만 알고 있는 공포. 어디서부터 어떻게 이 공포를 떨쳐 낼 수 있을까.

이제는 기억의 지도가 세세히 완성되었다.

더 이상 나올 것이 없다 싶을 만큼 잃어버렸던 시간들을 뚜렷하게 기억해냈다.

물탱크 안의 어둠에 적응이 되자, 나는 짙은 어둠과 얕은 어둠을 구분하게 되었다. 나는 얕은 어둠이 몰려 있는 벽면에 손톱이나 깨진 유리조각으로 글씨를 쓰거나 그림을 그렸다. 지루함을 달래기 위해서이기도 했지만, 무엇보다 미치지 않기 위해서였다. 끊임없이 내 이름과 나이, 부모님 이름, 그리고 음식을 먹은 횟수 등을 기록했다. 하지만 물탱크 안에서의 기억은 거기까지였다. 더 이상 기억이 안 나는 것일 수도 있고, 물탱크 안에서의 모든 날이 똑같아 같은 기억처럼 느껴지기 때문일 수도 있다. 그 후의 남은 날들은 돌이켜 기억해 낸 순간들이 무수히 반복되었다.

의료 프로에서 본 내용인데, 심한 화상을 당한 환자들은 화상의 상처보다 더 괴로운 것이 있다고 한다. 바로, 불에 살이 타던 순간의 고통을 신경들이 기억해 두었다가, 매일 밤만 되면 다시 화상을 입던 때와 똑같은 자극을 느낀다는 일이다. 매일 밤, 불에 타고 또 타고, 또 타고……. 감히 어디 비할 만큼의 고통이겠는가.

기억은 화상처럼 남았다. 나는 매일 밤, 49일간의 기억을 반복하고 반복했다. 지난 이십 년간, 떠오르지 못했던 게 억울해 그 한을 풀기라도 하듯. 고통의 순간은 두더지 잡기마냥 시도 때도 없이 튀어 올랐다.

이후 매일 아침을 물탱크 속에서 깨어났다. 서른하나의 내가 물탱크 속에 누워 있다. 어둡고 습한 물탱크에 물이 차오른다. 잠기지 않으려 까치발을 들고, 물탱크 벽을 손톱으로 긁어댔다. 콧구멍 바로 밑까지 물이 차올라, 꼴딱꼴딱 물이 새어 들어간다. 입천장이 시려 온다. 물탱크 뚜껑이 열린다. 그다. 갑자기 쏟아진 빛 때문에 얼굴이 잘 보이지 않는다.

"괜찮아. 모두 잘 될 거야"

낮고 진중한 목소리에 잠을 깬다. 땀에 쩌든 채 일어나 앉아 가만히 얼굴을 떠올리려 애써 본다.

일 년에 걸쳐 하루씩 실체는 구체화됐다. 하루는 그 남자의 발가락이 어떻게 생겼는지가 기억났고, 또 하루는 손이, 다음 날은 다리가 그 다음 날은 머리칼이 어떻게 생겼는지가 떠올랐다. 금방이라도 몽타주를 그려 낼 수 있을 듯했다. 심지어 체취가 어땠는지 맞출 수 있을 것 같았다.

하지만, 얼굴만은 아무리 시간이 지나고 기억이 반복되어도 떠오르지 않았다. 달걀귀신마냥 하얗게 번진 얼굴. 일 년 동안 진행된 기억재생 과정에서도 단 한 번도 떠오른 적이 없는 얼굴. 또다시 십 년이 지나고 이십 년이 지난다면 그때서야 나는 49일간의 시간을 앗아간 앨리스의 토끼를 확인할 수 있을까.

이런 생각에 잠을 깨면 아침마다 구토를 했다. 이를 닦고 있으면 지난밤 떠오른 기억 때문에 구역질이 올라왔다. 어릴 적 어른들이 양치질을 하다 구역질을 할 때마다, 어른이 되면 누구나 그렇게 되는 줄 알았다. 하지만 오늘 아침, 세면대에 위액을 쏟아내며 그런 생각이 들었다. 나이가 들수록 기억하고 싶지 않은 기억들이 쌓여, 이를 닦을 때마다 위액과 함께 게워 내야 하는 건 아닐까 하고.

답답함을 참다못해 기자를 찾아간 적이 있었다. 기자에게 내가 이십여 년 전 유괴 사건의 피해자란 사실과, 이십 년이 흐른 후 범인의 얼굴이 기억나기 시작했다는 이야기를 했다. 세 시간에 걸친 인터뷰를 마친 다음 주, 인터넷 신문에 기사가 올라왔다. 연예 가십난에 실려 있어서 한참을 찾아야 했다. 게다가 사타구니를 벌린 성인 광고 사이에 끼어 있어 제대로 찾기가 어려웠다.

> "충격 고백. 이십 년 전 유괴당했던 소녀.
> 여배우가 꿈이에요."

나는 기사 제목을 보고 뒤통수를 얻어맞은 듯 한동안 멍해졌다. 세 시간 가량 되었던 인터뷰 내용은 자극적인 제목에 맞춰 터무니없이 각색되었다. 기사 내용상으로는 단지 배우지망생이었던 여자가 관심받기 위해 발악하는 걸로밖에 보이지 않았다.

'어떤 영화감독이 영화를 찍자고 제의하기도 했어요. 제가 주인공인 성인 영화였죠. 시나리오가 마음에 안 들어 거절하기는 했지만요.'

분명 직접 말하기는 했지만 앞뒤 맥락을 생략한 탓에 전혀 다른 의미로 읽혔다. 내가 보아도 제정신이 아닌 여자 같았다. 다행인지 아닌지, 조회수는 높지 않았다. 그나마 달려 있는 댓글도 모두 악담뿐이었다. 차마 기사를 끝까지 읽지 못하고 창을 닫았다.

어찌 보면 관심 받고 싶어 발악한다는 말도 틀리지 않다. 인터뷰를 하기로 결심한 이유가 내게는 마지막 발악이었기 때문이다. 할 수 있는 한 해 보자고 생각했다. 그래서 인터뷰를 청했고 모든 기억을 정리하듯 기자에게 그간의 일들을 털어 놓았다. 하지만 기사를 읽은 후, 이십여 년 전 그때처럼 만인 앞에서 오줌을 싼 것 같은 수치심에 사로잡혔다. 기억의 본질은 세월 너머로 사라지고 각색된 자극만이 사타구니 사이에 남았다.


기억이 떠오르기 시작한 이후로 습관적으로 유괴 당시 살던 동네를 찾아갔다. 어차피 가 봤자 예전에 살던 집도 나를 아는 사람도 남아 있지 않지만, 왠지 그래야만 할 것 같았다. 화산재로 덮인 도시에서 유물을 탐사하는 고고학자처럼 나는 옛 동네를 걷고 또 걸어 다녔다. 기억의 증거가 될 만한 무언가가 남아 있지는 않을까 하는 기대감을 안고.

그러다가 우연히 의미 있는 '발견'을 한 적도 있었다. 고층 아파트촌으로 변한 동네에 마치 그곳만 흑백사진으로 남겨둔 듯한 가게가 있었다. 오래된 사진관이었다. 어버이날을 맞아 부모님과 가족사진을 찍으러 갔던 기억이 어렴풋 떠올랐다. 그런데 그 사진관 쇼윈도에서 익숙한 얼굴, 아니 바로 이십여 년 전 어릴 적 내 모습이 찍힌 사진을 발견한 것이다. 처음에는 환영이라도 본 건가 싶어 한참을 바라보았다. 그러다가 사진 속 아이가 나임을 확신하고는 팔다리가 저릿저릿해졌다. 곧장 사진관 문을 열고 들어갔다.

사진관 주인에게 저 사진 속 아이가 누구인지 아냐고, 왜 저 사진이 걸려 있는지 재촉하듯 물어보았다. 하지만 담백한 인상의 주인은 할아버지가 운영하던 사진관을 물려받은 거라 출처를 알지 못한다고 고개를 저을 뿐이었다. 주인은 그저 손님들이 찍은 사진 중 잘 나온 사진을 걸어 놓은 것 아니겠냐고 반문했다. 그 말에 혹시나 하는 마음이 역시나 하는 실망감으로 돌아섰다.

하지만 그 이후로도 나는 종종 그 사진관에 들렀다. 그리고 쇼윈도에 걸린 내 모습을 바라보며 한참을 서 있었다. 사진을 보고 있으면 이십여 년 전 내가 현재의 나에게 말을 걸어왔다.

'이제 그만해. 충분해. 나는 여기 있을 테니,
그만 잊고 너는 이제 네 삶을 살아.'

그 주문에 홀린 듯 옛 동네를 찾아가는 일도, 사진관 앞에서 어릴 적 사진을 멍하니 보는 일도 멈추었다. 대신 그 사진관에 가서 증명사진을 찍었다. 그리고 주인에게 어릴 적 사진 대신, 새로 찍은 사진을 걸어 줄 수 있냐고 부탁했다. 고맙게도 주인은 내 절박한 표정에 자세한 이유를 묻지 않고 바꿔 걸어 주었다. 그렇게 쇼윈도에 사진을 현재의 사진으로 바꿔 거는 순간 나는 온전히 포기했다. 지난 기억을 좇는 일을.

이사를 가야겠다고 마음먹었다. 외로워서 한국에 왔지만, 미국에 있는 시간과 지난 몇 년 동안이 별반 다르지 않았기 때문이다. 학원에 사직서를 내고 집을 처분하고, 짐을 쌌다.

문득 학원에 처음 취직하고 축하 파티 겸 회식을 하던 날이 떠올랐다. 술에 취해 제정신이 아니었는데, 곁에 있던 동료 직원에게 "나는 49일간의 시간을 잃어버렸던 아이예요. 나는 물탱크에서 49일을 버티다 살아 나왔어요."라고 고백 아닌 고백을 했다. 덕분에 회식 자리는 시베리아 벌판마냥 적막이 감돌았고, 그 뒤 직장 생활은 몹시 씁쓸해졌다.

그래, 이십 년이 지났다. 열 살의 나는 아무것도 몰랐고 하루아침에 쏟아지는 관심에 그저 신기해하고 흥분하다가, 후에는 나만 모르고 있다는 사실에 견딜 수 없이 두려워졌다. 그리고 이십 년 후 뒤늦게 오래된 기억을 떠올리며 매일 악몽에 잠을 설친다. 하지만 내 기억에 동감하거나 동정을 보내는 이는 아무도 없다. 그 누구도 잃었던 나의 시간을 기억하지 못한다.

누구나 알고 있는 이야기. 하지만 나만 모르던 공포. 아무도 모르는 이야기. 하지만 나만 알고 있는 공포. 어디서부터 어떻게 이 공포를 떨쳐 낼 수 있을까.

가능한 한 빠른 출국 날짜를 잡았다. 그리고 이삿짐을 챙기며 고민했다. 미국으로 돌아가 어떻게 살아야 할까…… 별다른 방도가 떠오르지 않았다. 아니 한국이든 미국이든 애초부터 내가 있을 자리는 없었는지도 모른다.

"너랑 있으면 유리벽이랑 말하는 거 같아."

언제인가 애인이 그런 말을 했다. 한국에 와서 꽤 오랫동안 만난 사람이었다. 그를 정말로 사랑한다고 생각했기에 적잖이 충격을 받았다. 하지만 인정할 수밖에 없었다. 친구를 만나도 직장에 가도 연애를 해도 저 밑바닥에 깔린 속내를 보여주기가 어려웠다. 얼굴을 대면하고 있는 사람들이 나에 대해, 내가 가진 기억에 관해 어떤 반응을 보일지 두려웠다. 넘치는 관심을 보이며 할퀴지는 않을까, 반대로 본심을 드러냈을 때 매정하게 돌아서지는 않을까. 방어하고자 하는 마음이 앞뒤 좌우로 꽉 막고 있었다.

나는 그 누구에게도 솔직하지 못한 채 늘 적당한 거리를 유지했다. 어쩌면 어릴 적, 사람들 반응에 맞춰 감정을 조절했던 것이 습관이 되었는지도 모른다. 그래서인지 내겐 진실한 친구도 애절한 연인도 없었다. 먼저 호감을 가지고 다가온 사람들도 결국 투명하고 단단한 유리벽에 부딪혀 나가떨어지고 말았다.

그럴 때마다 망망한 우주에 홀로 떨어져 부유하고 있는 느낌이 들었다. 끈적끈적한 점액질의 기억이 내 자신과 현실을 이어주는 유일한 매개체였다. 처음에는 그 기억이 산소통과 연결된 끈일 줄 알았지만 어느새 뒤섞이고 얼크러져 목을 옭아매었다. 살기 위해서는 이제 그 끈을 끊어내야 할 때가 왔음을 느꼈다. 내가 할 수 있는 일은 다시 한 번 오롯이 망각하는 것뿐이다. 그렇게 생각하자 마음이 고요해졌다.


출국 날짜에 맞춰 짐을 부치고, 마지막으로 일 년 동안 나름 정이 들었던 동네를 한 바퀴 돌아보고자 했다. 내가 보았던 우리 동네는 항상 출퇴근길, 어둠에 둘러싸인 모습이었다. 그런 이미지만을 안고 가기엔, 기억 속의 지난 일 년이 너무 척박하게만 남아 있을 것 같았다. 그렇지 않아도 변덕스러운 기억인데, 이왕 남기려면 따뜻하고 포근한 모습을 남기고 싶었다.

기분 좋게 맑고 시원한 날씨였다. 이곳저곳을 담아 갈 생각으로 카메라를 손목에 낀 채, 동네를 둘러싸고 흐르는 작은 내천을 따라 걸었다. 주위엔 가족 단위로 온 산책객들과 연인, 친구, 그들의 애완견까지 주말 오후의 나른함을 즐기려는 이들로 북적였다. 웃고 있는 아기, 개 껌을 쫓아 뛰어가는 강아지, 손을 잡고 거니는 노부부의 모습 등 최대한 긍정적이고 따뜻한 이미지를 카메라에 담았다. 혹시라도 지난 일 년간의 시간을 기억하지 못하는 일이 생긴다면, 이 사진들을 보며 "그래도 다시 찾은 한국은 아름다운 곳이었어."라고 기억을 조작할 수 있게 말이다.

카메라 렌즈 안으로 이것저것 담고 있던 그때, 멀리서 조깅을 하고 있는 한 사람이 내게로 다가왔다. 무심코 렌즈를 갖다 대자, 타박- 타박- 달려오는 한 남자의 모습이 담겼다. 무언가에 홀린 듯 셔터를 눌러 댔다. 누를 때마다 그 남자가 점점 더 가까워졌다. 어느 순간 방향을 틀지 않고, 나를 향해 돌진하고 있다는 느낌을 받았고 그제야 렌즈에서 눈을 떼었다.


곧 그 남자의 발과 손과 다리와 팔과 머리카락…… 그리고 냄새를 맡을 수 있었다.

이내 그 사람이 나를 물탱크에 가두고 49일의 시간을 앗아갔던 '그'임을 직감했다. 비명을 질렀다. 그리고 주위 사람들에게 도움을 요청했다.

"저 사람이 나를 유괴했어요! 저 사람이 나를 가뒀어요! 저 사람이 바로 그 사람이에요!!!"

하지만 사람들은 미친 사람 보듯 비웃으며 지나갔고, 뒤집힌 바퀴벌레마냥 발버둥 치는 나에게 어떤 이는 욕을 던졌다. 당연하다. 아무도 49일간의 시간에 대해 알지 못한다. 이 순간, 알고 있는 사람은 나뿐이다. 점점 그의 모습이 또렷해졌다. 그와의 거리가 물탱크에서 천장을 올려다보던 거리만큼 가까워졌다. 그가, 쓰고 있던 점퍼의 후드를 벗었다. 길게 찢어진 눈이 나를 주시했다.

섬광이 일었다.

악취가 온몸을 감싸고, 물방울이 미간에 뚝. 뚝. 떨어진다. 물이끼가 빼곡히 껴 있던 벽에 손톱자국을 발견한다. 바퀴벌레가 허벅지를 타고 오르고, 죽은 쥐가 발뒤꿈치에 차인다. 타박타박 발걸음 소리가 들리자 끼이익 뚜껑이 열린다. 초승달처럼 커지다가 보름달같이 쏟아지던 빛 사이로 나타난 얼굴이 나를 굽어본다. 달걀귀신처럼 하얗게 번졌던 그 얼굴에 귀가 생겨났다. 이어 입이 생겨나고 코가 생겨나더니 눈이 생겨났다.

'괜찮아. 다 잘 될 거야.'

붉은 입술이 달싹인다. 그제야 일 년간의 지도가. 아니 이십 년 동안 잃어버린 기억이 완성되었다. 상상 속 앨리스의 토끼.

바로 그다.

그가 나를 향해, 타박타박- 뛰어온다.

눈구덩이 함정

이야기

1995년 3월 7일  현상 용액에 담긴 현상지 위에 서서히 형체가 드러난다. 하지만 명암 차가 짙어질 뿐 무엇을 찍은 사진인지 알수 없다. 소년은 현상된 사진을 집게로 집어 줄에 넣어 건조시킨다. 사진을 가만히 바라보는 소년의 눈빛에는 무엇도 담겨 있지 않다. 소년의 눈빛처럼 아무것도 담기지 않은 사진들이 빼곡히 널려있다. 소년은 마지막 사진을 줄에 넌 뒤 한 발짝 뒤로 떨어진다. 그러자 사진들이 연결되어 하나의 파노라마가 된다. 그제야 형체가드러난다. 하늘이다. 넓고 긴 하늘이 암실 가득 걸려 있다. 맑고 개운한 하늘이 아닌, 흐리고 공허한 하늘이다. 소년의 눈빛처럼.

지하 암실은 외부로 연결된 문이 두 개로 나 있다. 하나는 소년의 할아버지가 운영하던 사진관과 이어져 있고, 다른 문은 소년과할아버지가 거주하는 가정집과 붙어 있다. 사진관과 집 사이에는아담한 마당이 있다.

소년은 암실에서 거실로 연결된 지하 계단을 걸어 올라온다. 집안은 아침인데도 두터운 암막 커튼 때문에 밤처럼 어둡다. 그 암흑속에 텔레비전 화면만이 빛을 내고 있다. 텔레비전을 마주하고 삐그덕 삐그덕 흔들의자가 흔들린다. 의자에는 소년의 할아버지가나무를 깎아 만든 인형처럼 건조하게 앉아 있다. 노인은 인기척이들리자 고개를 천천히 돌린다. 소년의 위치를 파악하려는 듯 눈동자가 두어 바퀴 허공을 헛돈다. 눈동자가 생선의 그것처럼 초점을 잃고 바래 있다. 소년이 찍은 하늘과 같은 색이다.

소년이 자신의 위치를 알리기 위해 낮게 기침하자, 그제야 노인은 안도하고 고개를 거둔다. 그러고는 다시 텔레비전 화면에 시선을 고정시킨다. 개그 프로에서 흘러나오는 경박한 웃음소리만이 소년과 노인 사이에 고인 적막을 흩트린다.

'월- 월-!!'

암막 커튼 너머 마당에서 개 짖는 소리가 폭죽처럼 터진다.


소년은 마당으로 나간다. 적막한 집 분위기와 어울리지 않게 과도하게 발랄한 개가 소년의 무릎에 매달려 꼬리를 흔들어 댄다. 개의 머리를 쓰다듬자 그제야 굳어 있던 소년의 얼굴에 미소가 감돈다.

그때 마당 외벽을 타고 동네 아줌마들의 수다 소리가 흘러 들어온다. 일부러 들으라는 듯 목소리가 담을 훌쩍 넘을 만큼 크고 거세다. 소년은 듣고 싶지 않아도 그들의 이야기를 들을 수밖에 없다.

"이 집 며느리가 바람나서 낳은 애라잖아. 씨는 밖에서 받아오고 애는 버젓이 집에서 낳았대. 식겁을 해 가지고 갓 낳은 지 새끼를 변기에 빠트려 죽이려 했다는 거야. 세상에 마상에."

"그뿐일라고? 들켜서 남편이랑 머리채 잡고 싸우다가 불내고 둘다 홀랑 타 죽었다잖아. 애만 살고."

"어영부영 이 집 할아버지가 갓난애를 맡아 키웠는데 그 속이속이겠어. 피 한 방울 안 섞인 데다 지 새끼 태워 죽인 여자 씨를."

소년을 변호하려는 듯 개가 사납게 짖어댄다. 여자들은 서툰 연기를 하듯 이크, 하며 놀라 내뺀다. 그네들이 사라진 후에도 개는 분이 덜 풀렸는지 한참을 거칠게 짖는다. 소년은 백지 같은 얼굴로 개를 쓰다듬어 진정시킨다.


1995년 3월 10일 폐쇄된 화학공장 건물 옥상에 파란 물탱크 하나가 덩그러니 놓여 있다.

물탱크 뒤편에 소년이 등을 기대어 퍼질러 앉았다. 소년은 오래된 후지 필름카메라로 사진을 찍는다. 찰칵- 찰칵- 셔터 소리에 맞춰 하늘이 담긴다. 그러다 문득, 마음에 드는 피사체를 발견하고 렌즈에 눈을 바짝 가져다 댄다.

렌즈에 비친 풍경 안에 한 여인이 무표정하게 서 있다. 전신과 얼굴에 화상을 입은 기괴한 모습이다. 소년은 화들짝 놀라 카메라를 놓칠 뻔 한다. 여인은 팔과 다리 관절이 어긋나 지그재그 꺾이는 걸음으로 한 발짝 한 발짝 걸어온다. 소년은 뒷걸음질 치지만 카메라가 눈에 딱 달라붙어 떼어지지 않는다. 카메라를 떼어 내려 버둥거리는 사이 여인이 소년의 눈앞까지 바짝 다가온다. 소년의 시야에 흉측한 여인의 몰골이 어안 렌즈로 바라본 듯 굴절되어 비친다.

여인은 렌즈 안으로 팔을 뻗어 소년의 얼굴을 감싸 쥔다. 렌즈를 통해 뻗어 나온 여인의 팔이 소년의 하얗고 작은 얼굴을 움켜쥐고 일그러뜨린다.

"으아아아아아아아악!!!"

소년은 비명과 함께 있는 힘을 다해 카메라를 내던진다. 렌즈가 깨지는 소리가 빠작- 하고 울리며 여인의 환영도 사라진다. 깨진 렌즈 파편이 소년의 눈물처럼 반짝인다. 소년은 공포와 두려움, 절망감에 뒤섞여 신음한다.

공사장에서 나와 자전거를 타고 집으로 돌아가던 소년은 왁자지껄한 소리에 놀이터 쪽으로 고개를 돌린다. 동네 아이들이 누가 누가 더 높이 올라가나 그네 싸움을 하고 있다. 그중 까무잡잡한 피부에 팔다리가 통통한 여자아이가 이를 악물고 발을 구르고 있다.

"으자자자자!!"

소녀는 얼굴이 짜부퉁이 되도록 용을 써 기어코 옆 아이보다 그네를 더 높이 끌어올리는 데 성공한다. 소년은 무심코 카메라를 들어 소녀를 렌즈에 담는다.

찰칵- 찰칵-

셔터 소리에 맞춰 그네를 타고 오르는 소녀의 모습이 연사로 찍힌다. 점점 클로즈업되어 환하게 웃는 소녀의 해맑은 표정이 렌즈 가득 찬다. 소녀는 땀에 전 머리카락을 손가락으로 넘기며 승리의 기쁨에 도취된다. 그 건강한 에너지가 고스란히 렌즈를 통해 소년의 눈동자로 이식된다. 소년은 홀린 듯 소녀의 모습을 쉼 없이 찍는다. 필름 카운터가 다 되어 더 이상 셔터가 눌려지지 않을 때가 되어서야 멈춘다. 순간 인기척을 느낀 소녀가 소년을 바라본다. 소녀와 눈이 마주치자 카메라를 잡은 소년의 손이 떨린다. 소년은 전율한다.

소녀는 그네 싸움에서 이겨 흥에 겨운 듯 콧노래를 부르며 집으로 향한다. 소년은 거리를 유지한 채 소녀를 따라간다. 그리고 새 필름을 장착해 카메라 셔터를 누른다. 소녀의 모습을 한순간도 놓치지 않으려 찍다 보니, 어느새 자신도 모르게 소녀와의 거리가 가까워져 있다. 손을 뻗으면 소녀의 어깨에 닿을 듯하다. 그때 소녀가 소리친다.

"엄마! 아빠!"

소녀는 단숨에 뛰어가 장바구니를 든 부모님 사이로 파고든다. 그리고 엄마, 아빠의 양손을 잡고 손 그네를 타며 집으로 향한다. 누가 봐도 듬뿍 사랑받고 자란 외동딸의 모습이다. 그 풍경을 바라보는 소년의 눈빛에 온도가 사라진다.

1995년 3월 20일  소년은 마당 평상에 걸터앉아 무언가를 보고 있다. 며칠 전 찍은 소녀의 사진들이다. 그때 흙을 파헤치며 놀던 개가 다가와, 소녀의 사진을 혀로 핥는다.

"너도 가지고 싶어?"

소년은 부드러운 손길로 개를 쓰다듬는다. 벨소리가 울린다. 개가 컹컹- 짖으며 현관문으로 뛰어간다.

문을 여니 우편배달부가 서 있다. 배달부는 소년에게 각종 고지

서를 건네며 묻는다.

"할아버지 주무시니?"

소년이 고개를 끄덕이자 그는 집 쪽을 한 번 흘겨보다가 아쉽다는 표정으로 덧붙인다.

"그래, 그럼 다음에 인사드려야겠네.

이놈! 많이 자랐네-."

배달부가 개의 목덜미를 잡고 턱을 긁자, 개도 익숙한지 꼬리를 흔들며 배달부의 손을 핥는다.


배달부가 돌아간 뒤, 소년은 발로 개를 거칠게 차댄다. 소년의 발길질에 개가 땅에 침을 길게 늘어뜨리며 나자빠진다.



1995년 6월 2일  하늘 사진으로 도배되었던 암실은 이제 소녀의 일상이 찍힌 사진들로 가득하다.

시간의 흐름을 알려 주듯 사진 속에 담긴 소녀의 옷차림이 긴팔에서 반팔로 변해 있다. 소녀는 그사이 키가 조금 더 컸고, 피부는 더 까맣게 그을렸다. 누가 보아도 말괄량이 같은 모습에 사진을 바라보던 소년이 피식 웃는다.

소년은 현상한 사진을 박스에 담아 들고 타닥타닥 거실과 연결

된 계단을 올라온다. 언제나처럼 거실은 암막 커튼이 두텁게 쳐져 밤처럼 어둡다. 그리고 언제나처럼 텔레비전이 혼자 흥얼거리고 있다.

소년은 서먹한 공기를 타 넘고 이층으로 올라간다. 그때 무언가 이상한 점을 발견하고 걸음을 멈춘다. 흔들의자가 흔들리지 않는 다. 소년은 천천히 다가간다. 일부러 기침 소리를 크게 내보지만, 의자에 앉은 할아버지는 기척이 없다. 조심히 할아버지의 어깨에 손을 올린다. 그의 상체가 기다렸다는 듯 무게감 없이 옆으로 쓰러 진다. 생기가 사라진 회색 눈동자가 소년을 응시한다.


그길로 소년은 집에서 뛰쳐나와 자전거 페달을 밟아 내달린다. 소년을 둘러싸고 있는 공기가 먹물을 먹은 듯 탁해지기 시작한다. 소년을 구심점으로 검은 공기가 퍼져나가 마침내 검은 터널에 갇 힌 것처럼 온 세상이 검어진다. 소년은 어둠으로 어둠으로 끝없는 어둠의 홀로 빠져들어 간다. 그렇게 뒤쫓아 오는 죽음을 피해 도망 치고 도망친다.

쨍-

출구가 보이지 않던 암흑의 터널 멀리, 빛이 보인다. 소년은 다 시 힘껏 페달을 밟아 빛을 향해 돌진한다. 터지는 빛과 함께 소년 의 환상이 깨지고 현실로 돌아온다. 소년은 페달에서 천천히 발을 떼고 숨을 고른다. 어느새 소녀의 집 앞에 도착해 있다. 소녀가 대문을 열고 뛰어나온다.

"나, 나간다!!!"

소녀의 외침에 알았어. 하고 소녀의 엄마가 답하자마자 문이 닫힌다. 소녀는 슬슬 콧노래를 부르며 골목을 걸어 나온다. 소년은 거리를 두고 소녀와 함께 걷기 시작한다.


골목길을 걷는 소년과 소녀의 뒤로 햇살이 내리쬔다. 소녀는 더위에 지쳤는지 발걸음이 늘어진다. 그러다가 슈퍼 앞 아이스크림 냉장고를 발견하고 반짝 생기가 돈다. 소녀는 아이스크림 더미를 뒤적이다가 수박바 하나를 꺼내어 주인에게 계산한다.

소녀는 슈퍼 앞 플라스틱 의자에 앉아 아이스크림을 먹으며 더위를 식힌다. 소년은 잠시 망설이다가 결심이 선 듯 다가간다. 그때, 슈퍼 옆 공중전화 박스에서 통화를 하던 남자가 밖으로 나오더니 성큼성큼 소녀에게 다가간다. 소년은 걸음을 멈추고 주시한다.

"너, 유신이 친구지? 이름이 뭐라고?"

남자의 말에 소녀가 고개를 끄덕이며 답한다.

"연우. 정연우예요."

"그래, 연우아. 유신이가 지금 집에 혼자 있는데 심심하대. 아저씨 일하는 동안 우리 유신이랑 같이 놀래? 데려다 줄게."

그의 말에 소녀는 의심 없이 봉고차에 오른다. 소년이 잡을 사이도 없이 소녀를 태운 봉고차가 출발한다. 소년은 당황해 다시 자전거 페달에서 발을 올린다. 그리고 페달이 부서질 듯 밟아 봉고차를 쫓아간다.

이십여 분쯤 봉고차를 쫓아 달리던 소년은 심장이 터질 것 같아 페달에 발을 뗀다. 더 이상 쫓아갈 수 없겠다 생각하던 순간, 멀리 내리막길 끄트머리에서 봉고차가 멈춘다. 그리고 소녀가 봉고차에서 내린다. 내릴 때 발을 헛디뎌 소녀가 풀썩 넘어진다. 넘어진 소녀를 뒤로 하고 봉고차는 다급하게 시동을 걸어 출발한다.

홀로 남겨진 소녀는 여기가 어디인가 싶은 황망한 눈으로 서 있다. 소녀의 한 손에는 오천 원짜리 지폐 한 장이, 다른 한 손에는 다 먹은 아이스크림 봉투가 들려 있다.

한적한 도로. 지나가는 차 한 대 보이지 않고 주위는 온통 논밭과, 한 블록 건너에는 폐쇄된 공장 지대만 드문드문 보일 뿐이다. 소녀는 콧물과 눈물을 한 번에 훌쩍 빨아들인다. 그러고는 터덜터덜 도로를 따라 걸어 내려가기 시작한다. 그제야 소년도 소녀의 뒤를 따라간다. 소녀는 서러움에 연신 훌쩍거린다. 봉고차에서 내릴 때 다친 무릎에서 피가 흐르고 있다. 그때 손에 쥐고 있던 오천 원짜리가 바람에 떨어져 흩날린다. 놀란 소녀는 지폐를 잡기 위해 허겁지겁 뛰어간다.

소년의 자전거 바퀴 앞으로 지폐가 날아와 멈춘다. 소년은 허리를 굽혀 지폐를 줍는다. 그리고 소녀에게 건넨다. 소녀는 주춤하다가 소년이 건넨 지폐를 받아든다.

봉고차를 쫓아오느라 소년은 땀으로 범벅이 되어 있다. 그런 소년을 소녀는 멍하니 올려다본다. 하지만 강렬하게 내리쬐는 태양빛에 가려 소년의 얼굴이 보이지 않는다. 소녀는 소년의 얼굴을 확인하려 가늘게 눈을 찌푸린다.

"다쳤네. 집에 데려다줄게."

소년은 소녀의 무릎에 난 상처를 바라보며 말한다. 소년의 말에 소녀는 마법에 걸린 듯 자전거 뒷좌석에 오른다.


소녀를 태운 소년의 자전거가 논두렁길을 가로지른다. 소녀는 말없이 땀으로 젖은 소년의 등만 바라본다. 하지만 집으로 가는 길이 아닌 낯선 풍경이 이어지자 소녀는 소년의 흰 셔츠를 꽉 부여잡고 말한다.

"나… 나 그냥… 집에 걸어갈래요."

소년은 답하지 않고 더 힘차게 페달을 밟아 누른다. 소년의 자전거가 점점 더 소녀의 집과 멀어진다. 소녀는 침을 꿀꺽 삼킨다. 그리고 결심한 듯 자전거에서 뛰어내린다. 소녀만큼의 무게가 덜어지자 자전거가 균형을 잃고 휘청거린다. 소년은 놀라 급커브를

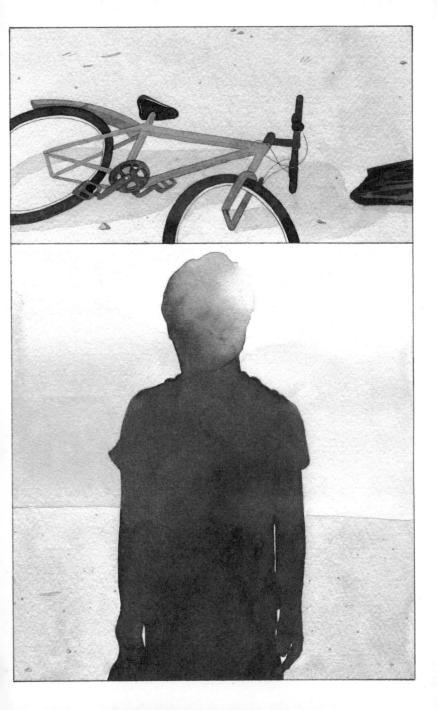

튼다.

"악!!"

소녀가 구렁으로 공벌레처럼 데구르르르 굴러떨어진다.


소년은 자전거를 세워 두고, 바람을 등진 채 휘청휘청 구렁을 내려온다. 쓰러졌던 소녀도 서서히 정신이 든다. 소년이 모자를 벗는다. 하지만 강렬한 태양빛에 소년의 얼굴이 제대로 보이지 않는다. 소녀는 덜컥 겁이 나 소리를 지른다.

"엄… 엄마……!"

하지만 소녀의 목소리가 바람에 날려 너풀, 날아간다.


소년은 늘 혼자 오던 공사장에 도착해, 기절한 소녀를 안고 물탱크가 있는 옥상으로 올라간다. 뚜껑을 열자 어두컴컴한 물탱크 안에 찰랑이는 물소리만 간간이 들려온다. 소년은 소녀를 업은 채 사다리를 타고 물탱크 안으로 내려온다. 그리고 소녀를 바닥에 눕힌다. 그 후 사다리를 타고 다시 밖으로 나온다. 밖으로 완전히 나오기 전 소년은 소녀를 내려다본다. 소녀는 편안하게 잠든 듯 보인다. 소년은 사다리를 끌어올려 밖으로 빼낸다. 물탱크 뚜껑이 닫히자 동그랗게 떨어지던 빛이 반달이 되다가 완전히 사라진다.

소년의 집 현관문 앞이 사람들로 북적이고 있다. 누군가 할아버지의 사체를 발견한 듯하다. 소년이 자전거를 끌어와 집 앞에 세우자 동네 아줌마들이 그런 소년을 피해 갈라진다. 수군거림을 뚫고 소년은 마당으로 들어간다.

소년보다 미리 집에 도착했던 우편배달부가 개와 함께 다가온다. 배달부는 소년을 보고 안타까운 표정으로 위로한다.

"안됐구나."

개가 소년을 피해 꼬리를 가랑이 사이에 감추고 배달부 뒤에 숨는다. 소년은 피곤함이 몰려온다.


1995년 6월 5일 할아버지가 영정 사진 속에서 상복 입은 소년을 내려다보고 있다. 그 시선을 피하듯 소년은 자꾸만 시계를 쳐다본다. 손가락이 초조하게 꼼지락거린다.


장례식이 끝나자마자 소년은 자전거에 올라 거친 숨을 뱉으며 공사장에 도착한다. 상복 차림 그대로에 손에는 음식이 담긴 검은 봉투가 들려 있다.

소년이 물탱크의 뚜껑을 열자, 어두운 물탱크 안으로 둥글게 빛이 퍼진다. 빛 사이로 소녀의 두려움 가득한 두 눈동자가 반딧불처럼 반짝인다. 소녀의 떨리는 목소리가 물탱크 벽을 타고 기어오른다.

"누…… 누구세요……?"

소년은 대답 없이 물탱크 뚜껑에 턱을 괴고 한참을 내려다본다. 위에서 바라본 소녀는 마치 수조 안에 갇힌 물고기, 쳇바퀴에 갇힌 햄스터 같다. 소녀가 운다.

"어어어어어어엉!!! 엄마!!! 엄마!!!!"

소녀의 울음소리에 소년은 빵이 담긴 검은 봉지를 떨어뜨린다. 두어 박자 늦게- 툭- 하며 떨어지는 소리가 울린다. 그러고는 다시 물탱크 뚜껑을 닫는다. 소녀의 두 눈동자가 어둠에 덮인다.



1995년 6월 20일 물탱크의 뚜껑이 열리고 검은 봉지가 떨어진다. 소녀의 두 팔이 어둠 속에서 더듬이처럼 뻗어 나와 봉지를 다급하게 쥐어 잡는다. 그리고 빵을 꺼내 허겁지겁 먹는다. 빵을 먹는 소녀의 모습을 소년은 카메라로 찍는다.



1995년 6월 25일 소녀는 뚜껑이 열릴 때마다 공포에 사로잡혀 울부짖는다. 소녀가 울자 소년은 휴대용 카세트테이프의 녹음 버튼을 손가락으로 꾹 누른다. 테이프가 돌아가는 소리와 함께 소녀의 절규가 녹음된다.


1995년 6월 30일  뚜껑이 열린다.

검은 봉지가 하늘에서 툭 떨어진다.

소녀의 공허한 눈동자가 떨어지는 봉지를 좇는다. 이제는 체념한 듯 어떤 저항도 하지 않고, 그저 봉지에서 빵을 꺼낸다. 그리고 넋을 놓고 먹기만 할 뿐이다. 소년 또한 어떤 공격적인 행동도 하지 않은 채 물탱크 안에 갇힌 소녀를 그저 '지켜보기만' 할 뿐이다.


1995년 7월 5일  소년은 장갑을 끼고 소녀의 모습이 현상된 사진과 음성 테이프를 우편 봉투에 넣는다. 수신인 자리에는 검은 사인펜으로 MBC 방송국이라고 적는다. 잠시 후 붉은 우체통에 누런 봉투가 툭 떨어진다.


1995년 7월 10일  소녀의 집 앞에 기자와 경찰, 동네 주민들이 빼곡히 모여 있다.

모두 입을 모아 유괴 사건을 얘기하며 들썩인다. 소년은 자전거를 세워 둔 후, 한 발짝 떨어져 그 무리를 바라본다. 사람들 사이에 기자와 인터뷰 중인 소녀의 부모님이 비친다. 소녀의 부모가 오열한다. 그 모습을 보던 소년은 실쭉 웃어 보인다. 그때 한 기자가 다가온다.

"이 동네 사니?"

소년은 평온한 얼굴로 대답한다.

"네."

카메라가 소년을 비춘다.

"간단하게 뭐 좀 물어볼게. 편하게 대답하면 돼. 정연우 양과 아는 사이니?"

소년은 한 박자 쉬고 답한다.

"아니요."

"그럼 정연우양 유괴 사건에 대해 어떻게 생각하니."

"…안타깝다고 생각해요."

소년은 세상을 우롱하듯 카메라 렌즈를 응시한다.

1995년 7월 16일 물탱크 안을 빛이 한 바퀴, 휘돌아도 소녀의 모습은 보이지 않는다. 소년은 당황해 여기저기 플래시를 비추며 소녀를 찾는다. 그래도 소녀가 보이지 않자, 사다리를 내려 물탱크 안으로 내려간다. 바닥에 닿기도 전에 악취가 소년의 발목을 휘감는다. 각종 쓰레기와 오물이 걸을 때마다 발에 차인다.

소년은 물탱크 구석에 쓰러져 있는 소녀를 발견한다. 안도의 한숨을 내쉬며 소녀의 어깨를 흔들어 본다. 하지만 죽은 듯 미동이 없다. 소년은 소녀의 뺨을 내려친다. 순간 소녀가 번쩍 눈을 뜬다. 그리고 소년의 팔을 있는 힘껏 깨문다.

"악!"

비명과 함께 소년은 소녀에게서 두어 발짝 떨어진다. 소녀는 그 찰나를 놓치지 않고 일어나 사다리 쪽으로 비틀거리며 걸어간다. 소년이 바로 소녀의 뒷덜미를 낚아챈다.

"놔-!! 놔-!!! 엄마아아아아!!! 놔-!! 놔-!! 으허허허허허허허 헝-!!!!!!!!"

소녀가 울부짖으며 발버둥 친다. 하지만 힘에 부친 듯 이내 실신해, 소년의 품에서 축 늘어진다. 그렇게 소녀의 저항은 허무하게 끝이 난다.

소년은 소녀를 한쪽에 가만히 누인다. 잠시 후 사다리가 빠져 올라가고 뚜껑이 덮이며 다시 둥그런 어둠이 채워진다.

1995년 7월 18일  영정 사진 앞에 놓인 향 연기가 어둠을 타고 피어오른다. 소년은 흔들의자에 앉아, 소녀가 이빨로 깨문 팔뚝에 약을 바른다. 텔레비전에서는 소녀에 관한 뉴스가 흘러나오고 있다.

"정연우 양 유괴 사건이 6주를 넘어서는 가운데, 수사에 아무런 진척이 없어⋯⋯."

소년은 메마른 눈으로 바라보다가 텔레비전을 꺼 버린다.


1995년 7월 19일  소녀가 흥얼흥얼 콧노래를 부른다.

물탱크 위에서 소녀의 콧노래를 따라 소년이 흥얼거린다. 소녀와 소년의 콧노래 소리가 한 박자씩 어긋난다. 소년은 콧노래를 따라 부르며 여전히 소녀를 지켜보고만 있다. 소녀의 텅 빈 눈에서 눈물 한 줄기가 뚝 떨어진다. 소년은 콧노래를 멈춘다. 그리고 말한다.

"괜찮아⋯ 다 잘 될 거야⋯⋯."


1995년 7월 21일  마당 한편에 불이 지펴진다.

소년은 할아버지의 위패에서 지방을 떼어 내 태운다. 지방이 재가 되어 날아갈 즈음, 우편배달부가 문을 열고 들어온다.

"오늘 49재지? 지나던 길에 들렀어."

배달부는 손에 든 봉투를 소년에게 건넨다. 배 두 알이 들어있다.

"정말 훌륭한 분이셨는데… 나 배고플 때 밥 먹여 주시고, 학비도 대 주시고… 나뿐만 아니라, 선생님 눈 괜찮으셨을 때까지도, 동네 어르신들 영정 사진 무료로 찍어 주시고……."

배달부의 눈에 눈물이 맺힌다. 소년은 훌쩍이는 배달부를 무표정한 눈으로 응시한다.

"그래, 니가 제일 힘들 텐데. 힘내라."

머쓱해진 배달부는 소매로 눈물을 훔치고는 소년의 어깨를 토닥인다.


배달부가 떠난 뒤 소년은 할아버지의 영정 사진과 마주 보고 앉는다. 영정 사진 속 회색 눈동자가, 소년을 응시하고 있다. 소년도 지지 않고 영정 사진 속 두 눈을 응시한다. 소년은 과거 어느 날을 떠올린다.


소년이 현관문을 열고 들어오자 어두운 거실에 빛줄기가 드리워졌다. 할아버지는 여느 때와 다름없이 의자에 앉아 홀로 술을 마시고 있다. 할아버지에게 다가가던 소년이 무언가를 발견했다. 할

아버지 손에 죽은 아들의 사진이 들려 있다. 소년의 아버지, 아니, 양아버지이다. 할아버지는 술잔을 연거푸 들이키며 신음 소리 같은 낮은 울음을 뱉었다. 소년이 할아버지의 어깨에 손을 올리려던 순간, 울고 있던 할아버지가 천천히 고개를 들었다. 현관문 틈 사이로 생겨난 빛줄기에, 할아버지의 빛바래기 전인 까만 두 눈동자가 비쳤다. 순간 두 눈동자에 소년에 대한 원망과 증오, 혐오가 가득 차올랐다. 그 분노의 세기만큼 소년의 눈빛이 거세게 흔들렸다.

다음 날 아침, 소년은 잠에서 깨 부스스한 머리로 무언가를 만들었다. 머그컵 두 잔에 우유를 따르고 그 중 한 잔에 엄지손가락만한 유리병에 담긴 투명한 액체를 쪼로록 떨어뜨렸다. 준비를 마친 소년은 우유가 담긴 머그컵 두 잔을 들고 거실로 나왔다. 그리고 흔들의자 옆 테이블에 한 잔을 올려놓았다. 순간 소년은 올려둔 컵이 투명 액체를 따른 컵이 맞는지 헷갈렸다. 잠시 고민하던 소년은 손에 든 머그잔과 테이블에 올린 머그잔을 바꿔 들었다.

곧 할아버지가 신문을 들고 거실로 나오는 소리가 들렸다. 소년은 이층 계단으로 올라갔다. 할아버지는 늘 그렇듯 흔들의자에 앉아 텔레비전을 켰다. 그리고 테이블 위에 놓인 머그잔을 들고 마시기 시작했다. 잠시 후, 그는 이상한 느낌에 컵을 바라보았다. 하지만 이내 우유를 깨끗이 마셔 비웠다.

소년은 이층 계단 위에 걸터앉아 할아버지가 우유를 마시는 것을 지켜보았다. 그리고 주머니에서 '공업용 메탄올'이라고 적힌 작은 유리병을 꺼내 바라보다, 할아버지가 우유를 다 비운 걸 확인한 뒤에야 자신도 우유를 마시기 시작했다.

그렇게 할아버지가 메탄올이 섞인 우유를 마시는 모습을 소년은 매일같이 이층 계단 위에서 지켜보았다. 그리고 시간이 흐른 어느 날. 소년은 마침내 확인할 수 있었다. 바로 자신을 혐오스런 눈빛으로 바라보던 할아버지의 두 눈동자가 메탄올 중독으로 빛을 잃으며 점차 회색으로 변해가는 모습을.


소년은 과거에서 돌아와 영정 사진 속 할아버지의 두 눈을 마주한다. 순간 한기를 느낀다. 소년은 액자에서 사진을 꺼내 라이터로 불을 붙인다. 사진 속 두 눈동자가 서서히 타 들어가다가 타닥- 타닥- 완전히 재가 되어 버린다.



1995년 7월 21일  소년은 물탱크의 뚜껑을 연다.

빛이 들어가자 소녀가 쏟아진 빛에 찡그리며 위를 바라본다.

"끝이야."

소녀는 무슨 뜻인지 알아듣지 못해, 눈만 껌벅인다.

아파트 앞에 소년의 자전거가 세워진다. 잠시 후 소년의 자전거가 빠져나가고 쓰러진 소녀가 앞마당에 남겨진다.


1995년 7월 22일  적막한 집 안, 흔들의자의 삐그덕 삐그덕 소리
만이 들린다. 소년은 발로 흔들의자를 굴리며 텔레비전을 보고 있
다. 화면에선 연신 소녀의 생환을 알리는 특보가 쏟아져 나온다.


1995년 7월 23일  유력한 용의자가 무혐의로 풀려났다는 속보
가 타전된다. 앵커는 그가 소녀의 같은 반 친구 아버지이며 소녀가
실종되었던 날, 그의 차에 소녀가 탔던 정황이 있었다고 전한다. 소
년은 그가 소녀를 태우고 달렸던 봉고차의 주인임을 직감한다. 소
년은 아, 하고 탄식을 뱉는다.


1995년 8월 25일  기억을 잃은 소녀의 소식과 함께 범인의 정
체가 오리무중이라는 뉴스가 흘러나온다. 소년은 화면을 바라보며
우유를 꿀떡꿀떡 마셔 넘긴다.

1995년 9월 30일  아침 프로에서 소녀의 유괴 소식을 전한다. 소녀의 부모님이 빚을 청산하기 위해 유괴 자작극을 펼쳤다는 소문의 진상을 파헤치는 내용이다. 이야기는 자극적인 장면을 편집하여 이십여 분을 채운 뒤 결말 없이 흐지부지 끝난다.

소년은 흥미로운 영화를 보듯 턱을 괴고 화면을 응시한다.


1996년 1월 20일  소년은 리모컨으로 텔레비전 채널을 한 바퀴 거슬러 올라간다. 한참을 올라가도 소녀의 소식을 알리는 뉴스는 더 이상 보이지 않는다. 대신 우스꽝스런 분장으로 채워진 코미디 프로가 흘러나올 뿐이다. 소년은 리모컨 전원을 눌러 텔레비전을 끈다. 어두운 거실에서 유일한 불빛이 사라지자 암흑이 주인 행세를 한다.


1996년 6월 1일  공항 플랫폼에 사람들이 정신없이 오고 간다.

카메라 렌즈 너머로 이민을 떠나는 소녀와 부모의 모습이 보인다. 소년은 수속을 끝내고 입국장으로 들어가는 소녀의 뒷모습에 찰칵-! 하고 셔터를 누른다.

2016년 4월 6일  한적한 골목가에 위치한 아담한 사진관. 이십년 전 그때와 신기할 정도로 달라진 것이 없다. 소박한 외관처럼 단출한 분위기의 내부로 들어오면 소년, 아니 어느덧 삼십 대 중반이 된 '그'가 앉아 있다. 그는 평온한 얼굴로 카메라 렌즈를 마른 헝겊으로 닦는다. 차창 밖으로는 꽃잎이 무게감 없이 흩날린다.

짤랑- 방울 소리와 함께 문이 열리며 손님이 들어온다. 이십 대 후반쯤, 수더분한 외모의 여자이다. 어깨에 묻은 꽃잎을 털어 내느라 고개를 숙인 채 묻는다.

"지금 찍으면 바로 나오나요?"

여자의 물음에 남자는 담담히 반긴다.

"네, 어서 오세요."

부드러운 목소리에 여자가 고개를 든다. 순간 여자는 남자의 담백한 분위기에 압도된다.

잠시 후 카메라 프레임 안에 증명사진을 찍기 위해 앉아 있는 여자의 모습이 비친다. 어색하게 웃고 있다.

"누가 쫓아와요?"

남자가 묻자 여자는 화들짝 놀라 되묻는다.

"네?"

"자연스럽게."

남자가 시범 보이듯 편안하게 미소 짓자, 여자는 손끝이 저릿해

아무도 모르는

영이

온다.

여전히 어색한 미소를 띤 여자의 증명사진이 컴퓨터 모니터 위로 옮겨 와 있다. 남자가 포토샵으로 사진을 보정하자, 여자는 차마 말하지는 못하고 손가락으로 수정하고 싶은 부위 언저리를 가리킨다.

"거기… 거기……."

남자가 마우스로 헤매며 되묻는다.

"여기?"

여자는 답답함에 화면 속 자신의 턱을 손으로 짚어 준다.

"아, 아뇨. 턱 좀 얄쌍하게."

남자는 그제야 마우스로 턱 부분을 선택한 뒤 커브 버튼을 누른다.

"왜요, 그냥도 예쁘신데."

그의 말에 여자는 싫지 않은지 삐죽 웃는다. 남자는 완성된 증명사진을 봉투 안에 넣으며 말한다.

"이 동네 사시나 봐요."

"네? 네."

여자가 당황해 얼굴이 붉어진다. 남자는 사진을 건네주며 덧붙인다.

"그렇구나."

여자는 괜히 눈을 마주치지 못하고 쭈뼛대다가 묻는다.

"얼, 얼마예요?"




2016년 4월 8일 회색 담장을 타고 넝쿨과 꽃이 늘어진 골목길을 남자가 걸어가고 있다. 손목에는 우유가 담긴 검은 봉지가 걸려 있다. 그때 담벼락 위에서 깡마른 까만 새끼 고양이가 야옹거린다. 남자가 담벼락 위를 올려다보자 고양이는 자신의 존재를 알리듯 더 애처롭게 울어댄다.

남자가 멈춰서 가만히 바라보고 있으니, 새끼 고양이가 겁도 없이 폴짝 그의 어깨 위로 떨어진다. 남자는 고양이가 떨어지지 않게 조심하며 쪼그려 앉는다. 그리고 손목에 걸린 봉지에서 우유를 꺼내 오므린 손바닥에 붓는다. 그러자 새끼 고양이는 남자의 팔을 타고 손바닥까지 내려와 역시나 겁도 없이 할짝할짝 우유를 핥아 먹기 시작한다. 남자는 고양이의 혀가 닿을 때마다 간지러워 애써 웃음을 참는다. 순간 남자의 얼굴이 소년의 얼굴로 돌아온다.




2016년 4월 15일 무언가를 찾아 골목을 두리번거리던 남자는 야옹, 울음소리에 자전거를 세운다. 그리고 폐지 더미 안에 웅크려 있는 새끼 고양이를 발견한다. 남자는 고양이를 무릎에 앉혀 부드럽게 쓰다듬는다. 아이 같은 미소가 퍼진다.

그때 골목 끝에서 추리닝 차림에 머리를 질끈 묶은 여자가 다가온다. 사진관에 왔던 손님이다. 여자는 아이스크림을 먹다가 남자를 발견하고는 화들짝 놀라 담벼락에 몸을 숨긴다. 여자는 자신이 왜 숨은 건가 의아해 하면서도, 선뜻 나서지 못하고 남자를 지켜본다. 그사이 남자는 새끼 고양이와 손가락 장난을 하고 있다. 여자는 그 맑은 모습에 시야가 아득해진다. 삼선 슬리퍼 위로 아이스크림이 뚝뚝 녹아 떨어지는지도 모른 채.


2016년 5월 9일  얼마간 비운 듯 사진관 앞에 신문과 전단지 등이 쌓여 있다.

남자가 여행용 트렁크를 끌며 사진관 문을 열고 들어온다. 묵었던 먼지가 일렁인다. 남자는 선풍기를 틀고 바람을 맞으며 한동안 숨을 고른다.

그때 인기척을 느낀다. 돌아보자 사진관 쇼윈도에 숨은 것도 아니고 드러난 것도 아닌 어정쩡한 상태로 여자가 서 있다. 남자는 웃으며 안으로 들어오라고 손짓한다. 그제야 여자는 쑥스러워하며 사진관 문을 열고 들어온다.

"급, 급하게 사진이 필요해서요."

여자의 말에 남자는 답 없이 카메라의 묵은 먼지를 털어낸다.


잠시 후 여자는 카메라 앞에 앉는다. 평소 수더분했던 분위기와 달리 잔뜩 치장한 모습이 어색하다. 여자는 어색함을 없애려 애써 자연스런 어투로 말한다.

"아, 전에 찍은 사진이 마음에 안 들어서……."

남자는 여자의 자세를 바로 잡아주며 미소 짓는다.

"그래요? 죄송해요. 바로 다시 찍어 드렸어야 하는데……."

"어, 어디 다녀오셨나 봐요? 여행……?"

여자는 한쪽에 세워진 트렁크를 보고 묻는다.

"네, 잠깐 미국에."

"미국요? 와~ 좋았겠다. 출장?"

남자는 조명의 각도를 맞추며 답한다.

"그냥… 보고 싶은 게 있어서요."

여자가 눈을 굴리며 되묻는다.

"보고 싶은 거……? 자유의 여신상? 나이아가라 폭포? 아님… 에펠탑? 아, 그건 파리구나……. 아님, 애인……?"

여자가 슬쩍 떠보지만, 남자는 그저 미소만 짓는다.

"자, 찍습니다."

남자의 말에 여자는 자세를 다잡고 씨익 웃는다.

찰칵.


2016년 6월 2일  입국 게이트에서 사람들이 쏟아져 나온다.

남자는 빠져 나오는 사람 한 명 한 명을 카메라 렌즈로 좇는다.
그러다가 무언가를 발견하고 렌즈를 줌 인한다. 방향을 잃고 두리
번거리는 소녀, 아니 성장한 연우의 모습이 렌즈에 잡힌다.

찰칵-

이십여 년이 흐른 연우의 모습이 카메라에 담긴다. 남자는 오랜
친구를 다시 만난 듯 들뜬다.


2016년 11월 23일  연우는 유괴 사건 당시 다녔던 병원을 찾아
가, 담당 의사 면담을 요청한다. 하지만 그는 사망한 지 오래라는
얘기를 듣고 절망한다.

연우가 실망한 얼굴로 휴게실로 다가가자, 남자가 자판기에서
우유를 뽑아 마시고 있다. 연우는 커피를 뽑으려 지갑을 뒤진다. 하
지만 동전이 없는지 한숨을 내쉬며 다시 지갑을 닫는다. 그때 남자
가 주머니에서 오백 원을 꺼내 투입구에 넣는다. 연우가 고맙다고

인사하려는 찰나, 남자는 돌아서 그림자처럼 흔적 없이 복도를 걸어 나간다.


　2016년 12월 2일　연우가 어릴 적 동창을 만나고 있다.

　남자는 뒤 테이블에 앉아 책을 읽는 중이다. 동창이 먼저 자리를 뜨자 홀로 남겨진 연우는 망연자실한 얼굴로 커피 잔을 내려다본다. 남자는 연우가 자리에서 일어날 때까지 말없이 책을 읽는다. 마지막 페이지를 읽을 즈음, 연우도 나갈 채비를 한다. 그제야 남자도 책을 덮는다.


　2017년 2월 12일　아침 찬바람에 남자는 스산한지 옷깃을 추스르며 사진관으로 걸어오다, 쇼윈도 앞에 서 있는 누군가를 발견한다. 연우이다. 연우는 쇼윈도에 걸린 사진을 뚫어져라 바라보고 있다. 남자가 어릴 적 그녀를 찍은 바로 그 사진이다. 남자는 예상하고 있었던 일이라는 듯 연우의 뒷모습을 가만히 지켜본다. 그러다가 그의 손이, 천천히 연우의 어깨에 다가간다. 순간 연우가 인기척에 놀라 뒤를 돈다. 물탱크 속의 그때처럼 혼란스러움이 가득한 눈빛이, 그를 응시한다. 남자는 마음의 매듭이 풀어진다.

"찾으시는 거 있으세요? 안으로 들어오세요."

남자의 권유로 사진관 안으로 들어온 연우는, 불안한 마음 반, 기대감 반이 섞인 눈빛으로 묻는다.

"쇼윈도에 걸린 아이 사진, 왜 저기 걸려 있나요?"

남자는 두어 박자 숨을 고른 뒤 천천히 답한다.

"왜라… 글쎄요.

할아버지가 하시던 사진관을 물려받은 거라… 그때부터 걸려 있었어요."

"그럼 누가 찍은 건지, 왜 걸었는지 모르시는 거예요?"

"그냥 동네 꼬마 아닐까요? 손님들 사진 중 잘 나온 사진 있으면 걸어 두고는 하셨거든요."

연우의 얼굴에 실망감이 감돈다. 남자는 그 모습을 보고 있자니 재채기가 날 듯 코끝이 간질간질해진다. 그때 짤랑거리며 문이 열리고 여자 손님이 들어온다.

"안녕하세요. 출근하는 길에 저번에 맡긴……."

여자는 남자와 함께 서 있는 연우를 발견하고는 힐끗거린다.

"아, 죄송해요. 그럼 전……."

여자의 눈길에 연우가 당황해 문을 열고 나간다. 그 모습을 여자는 미심쩍은 눈으로 쫓다 남자에게 묻는다.

"누구……?"

남자는 담담하게 답한다.

"보고 싶었던 사람."


2017년 5월 11일  남자가 자전거를 타고 새벽 골목길을 헤매고 있다. 야옹, 하는 익숙한 울음소리가 들리자 바퀴가 멈춰 선다. 남자는 반가워하며 우유와 간식을 들고 내린다. 새끼 고양이는 어느새, 성묘가 되어 있다. 고양이는 남자의 품에 파고들어 갸르릉 애교를 떤다.

언제부터 그곳에 있었는지 여자가 추리닝 차림에 후드 모자를 뒤집어쓰고 담벼락에 숨어 있다. 여자는 심호흡한 후, 결심한다. 오늘은 기필코 고백하고 말겠다고. 손에는 남자와 함께 먹으려고 준비한 샌드위치가 두 개 들려 있다.

남자가 고양이를 쓰다듬으며 예뻐해 주는 사이, 담벼락 틈에서 새끼 고양이의 가냘픈 울음소리가 들린다. 남자는 무언가 싶어 다가간다. 그때 새끼 고양이들이 경계심을 풀고 하나둘 어미 고양이에게 다가온다. 어미 고양이는 남자의 품을 떠나, 새끼들을 감싼다. 그리고 남자에게 제 새끼들을 소개해주듯 갸르릉거린다. 순간 남자의 표정이 뒤틀린다.

남자가 새끼 고양이들을 하나씩 벽에 던지기 시작한다. 어미 고양이는 어찌할 바 모른 채 남자의 발밑을 휘돌며 찢어질 듯 울어댄다. 그 모습을 지켜보던 여자의 손이 덜덜 떨리다가 들고 있던 샌드위치를 툭– 하고 놓친다. 남자가 인기척을 느낀다.

여자를 발견한 남자는 곧장 다가간다. 여자는 주춤거리며 물러서다가 어찌할지 모른 채 얼어 버린다. 남자가 성큼성큼 다가가 손을 뻗는다.

피가 묻은 남자의 하얗고 가는 손이 여자의 시야에 잡힌다. 여자가 경멸이 담긴 눈으로 남자를 바라본다. 순간 남자는 두통이 인다. 남자는 자신을 바라보던 할아버지의 증오 담긴 두 눈동자를 떠올린다.

'애 엄마가 바람나서 변기에 빠트려 죽이려다 홀랑 타 죽었대.'

소년을 혐오스럽게 바라보던 친척들, 이웃들, 사람들⋯⋯. 우체부 뒤에 숨어 그르릉거리며 소년을 노려보던 개의 눈빛. 소년을 바라보던 할아버지의 영정 사진. 그렇게 경멸 어린 눈빛들이 어지럽게 섞인다. 남자는 두통이 점점 심해진다.

그사이 여자는 잰걸음으로 남자에게서 멀어지고 있다. 정신을 차린 남자는 곧장 여자를 쫓아간다. 두려움에 여자의 발걸음이 빨라진다. 하지만 남자가 큰 걸음으로 쫓아 여자와의 간격이 금세 좁혀진다. 남자가 손을 뻗지만 앞서 가는 여자에게 채 닿지 않는다.

여자가 담벼락을 끼고 코너를 도는 순간, 남자의 가늘고 긴 팔이 기어코 여자의 등에 닿는다.

퍽-!

공사장 펜스를 넘어 지반을 깎아 낸 절벽 밑으로 여자가 굴러 떨어진다. 그 충격에 여자는 사지가 꺾인다. 그녀는 얼마간 기괴한 모습으로 바들거리다 이내 숨이 멎는다. 그 모습을 내려다보던 남자는 극심한 두통에 눈을 감는다.


2017년 5월 12일 어두운 방 어딘가에서 신음소리가 새어 나온다.

침대 위에서 남자가 식은땀을 뻘뻘 흘리고 있다. 남자는 홍역을 앓는 아이같이 온몸에 붉은 반점이 돋아나 있다. 자궁 속 태아처럼 몸을 웅크린 그의 모습이 건들면 무너질 듯 위태롭다. 남자는 고통에 거친 신음을 내지른다.

땀에 젖은 배 위로 태아의 발길질이 울룩불룩 튀어나온다. 길게 덩어리진 무언가가 흰 피부를 뚫고 나올 듯 요동친다. 마치 몸속에 거대한 뱀이 들어 있는 것 같다. 남자는 구토를 참지 못하고 화장실로 뛰어간다.

남자는 뱃가죽을 뚫고 나오려는 그것을 저지하기 위해 손톱으

로 피부를 긁으며 발버둥 친다. 새하얀 피부에 붉은 손톱자국이 무수히 생겨난다. 뱃속의 무언가는 남자의 내장을 동아줄처럼 잡고 타고 오른다. 결국 남자는 짐승의 포효 같은 비명과 함께 토해낸다. 변기에 쏟아진 검붉은 핏덩이는 끈적끈적한 점액질의 체액과 뒤섞여, 생선마냥 팔딱팔딱거린다.

남자는 새빨간 핏덩이를 내려다본다. 잠깐. 그저 핏덩이가 아니다. 팔다리가 제자리에 붙어 있지 않고 이목구비도 마구잡이로 엉킨. 마치 내장을 아무렇게나 뭉쳐 놓은 듯 기이한 모습의 갓난아기이다. 남자는 자신이 뱉은 생명체를 바라보며 경악한다.

아기는 울음소리도 아닌, 그렇다고 짐승의 소리도 아닌, 이 세상 것이 아닌 괴음을 내며 울고 있다. 온몸을 덜덜 떨며 남자는 아기에게 손을 뻗는다. 순간 불길함을 느낀다.

뒤를 돌면, 어디서 시작되었는지 모를 불씨가 활활 타오르고 있다. 눈 깜짝할 사이에 불씨는 온 집안을 태울 검붉은 화염으로 변한다. 남자는 놀라 뒷걸음질 치며 쓰러진다.

"아… 아악!! 아아아아악!!!!!! 아아아아악!!!"

어느새 남자의 발끝과 손끝에 불이 옮겨 붙는다, 몸을 타고 오른 불씨가 남자를 살라먹어 버릴 듯 거침없이 타오른다. 남자는 기겁하며 몸에 붙은 불씨를 끄려 발버둥 친다. 하지만 불씨는 꺼지지 않고 점점 험악해질 뿐이다.

남자는 다급히 변기에 손을 집어넣어 물을 몸에 뿌린다. 순간 그는 깨닫는다. 검붉은 핏덩이가 어느새 새까만 재로 변해 있다는 것을. 눈동자에 거미줄같이 촘촘한 핏발이 선다. 고개를 들어 변기 위 거울을 바라본다.

거울에 비친 풍경은 고요하기만 하다.


불길은 온데간데없이 축축한 화장실 바닥에 남자가 쓰러져 있다. 작은 쪽창으로 빛이 새어 들어온다. 그 빛줄기 끝에 간신히 걸린 남자가 울고 있다. 들릴 듯 말 듯 가느다란 울음소리다. 남자는 뒷주머니에서 뭔가를 꺼낸다. 얇은 카드 지갑에 사진 한 장이 꽂혀 있다. 마치 남자를 바라보며 웃고 있는 듯한 어린 연우의 사진이다. 남자는 연우의 사진을 어미의 품처럼 품는다.



2017년 5월 20일 사진관 문이 열린다.

멀쑥하게 차려입은 연우이다. 남자는 기다렸다는 듯 미소가 번진다.

"어서 와요."

"사진 찍으려고요."

연우의 말에 남자가 고개를 끄덕인다.

남자가 카메라 렌즈 너머로 연우를 바라보고 있다. 시선에 애틋함이 실린다. 연우는 그 시선의 온도를 느끼고 표정이 어긋난다. 그 찰나를 낚아채듯 펑!! 하며 플래시가 터진다.

연우가 떠난 뒤 남자는 쇼윈도에 어릴 적 연우의 사진을 빼고 새로 찍은 사진을 걸어 둔다. 낡은 사진관 쇼윈도에 다른 사진은 모두 빛이 바래 있지만, 연우의 사진만이 어색하게 반짝인다.


2017년 6월 2일  남자는 공원에 도착해 가볍게 몸을 푼다. 그리고 운동화 끈을 다시 꽉 조여 맨다. 그때 꼬마들이 꺄르륵 웃으며 남자를 스쳐 지나간다. 그러다 한 아이가 넘어진다. 남자는 아이의 손을 잡아 부드럽게 일으켜 준다. 아이가 해맑게 웃어 보이자 남자도 아이 못지않게 해맑게 웃는다.

아이가 일어나 친구들과 함께 사라지고 남자는 잠시 멍하니 서서 머리를 긁적인다. 그러다가 저 멀리 실루엣 하나를 발견하고 안도의 한숨을 내쉰다. 연우가 사진을 찍고 있다.

남자는 연우를 향해 한 걸음 한 걸음 다가간다. 그러다가 타박타박. 가볍게 뛰기 시작한다. 타박타박. 점점 연우와의 거리가 가까워진다. 연우도 남자를 발견한다. 그리고 찢어질 듯 비명을 내지른다.

2017년 6월 2일  연우의 꿈속에서 그간 떠올려 낸 49일간의 기억들이 모자이크처럼 망라된다. 하지만 퍼즐이 맞춰지듯 이미지들이 각기 제자리를 찾아가도, 끝까지 맞춰지지 않는 조각 하나. 바로 '그'의 얼굴이다.

그러다 어느 순간 블랙홀처럼 빈 마지막 조각이 띠릭 – 하며 맞춰진다. 공원에서 후드를 벗던 남자의 얼굴과, 이십여 년 전 물탱크의 뚜껑을 열던 소년의 얼굴이 겹쳐진다.

남자와 소년은 수줍게 미소 짓고 있다.

"헉!!!!!!!"

연우는 막혔던 숨을 토하며 눈을 뜬다. 겁에 질려 주위를 둘러본다. 오래된 주택이다. 어두운 거실과 적막한 분위기가 마치 이십 년 전 과거에 머물러 있는 드라마 세트장 같다. 연우는 당황해 일어나려 상체를 세운다. 하지만 몸이 흔들의자에 결박당해 있어 움직일 수가 없다. 끈을 풀어내려 하지만 그럴수록 피부가 쓸려 아플 뿐, 벗어날 수가 없다.

연우의 시야에 무언가가 들어온다. 한쪽 벽면 가득 붙은 사진과 신문 기사 자료들. 연우는 초조하게 훑어 내려가다가 한 곳에 멈춘다. 동공이 흔들린다.

한쪽 벽을 까맣게 둘러싸고 있는 사진들은 모두 연우의 어린 시절부터 소년이 연우를 발견하고 뒤를 쫓으며 찍었던 수많은 장면들이다. 그 옆으로는 연우의 유괴 사건을 취재한 기사와 자료들이 스크랩되어 있다.

연우의 동공이 점차 커지다가, 두려움에 급격히 쪼그라든다. 물탱크 안에서 찍힌 사진들을 발견한 것이다. 어두운 공간에 공포에 질린 연우의 모습이 나열되어 있다. 이어 49일이 지난 후, 연우가 회복하는 과정. 이민을 떠날 때 공항에서 찍은 사진. 게다가 이십 년 뒤 입국하는 순간까지. 뿐만 아니라 경찰서, 병원을 쫓아다니며 기억을 찾기 위해 방황하는 모습과, 삼류 잡지에 실렸던 '잊혀진 인물들' 기사까지 빼곡히 전시되어 있다. 그야말로 삶의 지도를 만들어 놓은 듯하다. 연우는 상한 음식을 먹은 것처럼 속이 울렁거린다.

타박타박 누군가 내려오는 소리가 들린다. 연우는 움찔거리며 두려움에 근육이 굳는다. 남자는 갓 샤워를 마친 듯 머리에 남은 물기를 털어낸다. 담백한 옷차림이 하얗고 가는 체구를 더 여리게 보이게 한다. 손에는 김이 올라오는 우유가 들려 있다.

"누… 누구……?"

남자는 동요 없이 커피를 마시며 연우에게 다가온다. 그리고 흔들의자 앞에 양반 다리로 앉아 그녀를 올려다본다. 연우는 어떤 말을 할 수도, 그의 시선을 피하지도 못한다. 남자는 그런 연우를 부드러운 표정으로 바라만 본다.

"아."

남자는 갑자기 생각났는지 주머니에서 둥근 무언가를 꺼낸다. 크림빵이다. 남자는 크림빵 봉지를 뜯어 연우의 입 쪽에 가져다 댄다. 순간 연우는 이십 년 전 물탱크 안에서 소년이 던져 준 빵을 허겁지겁 먹던 기억이 떠오른다.

"당… 당신……."

"이거 좋아했잖아."

"누… 누구야……. 누구냐구……. 너, 누구야 이 새끼야!!!!"

흥분해 소리치는 연우를 바라보던 남자는 사진이 스크랩된 벽으로 다가간다. 그리고 첫사랑을 대하는 소년처럼 수줍게 말한다.

"빛을 봤어."

남자가 떼어 낸 사진은 연우를 처음 만났던 날, 그네를 타고 있던 모습이다.

"나는 한 번도 가지지 못했던 빛."

이어 벽에 붙은 연우의 사진과 기사들을 보며 남자는 아이처럼 신나 조잘거린다.

"아이스크림이 입에서 떨어지질 않아. 아빠랑 엄마, 손 그네 타는 걸 좋아하고 같은 반 남자애를 짝사랑했어. 머리는 항상 짧은 숏컷. 가끔 핀으로 앞머리를 올려. 이렇게……."

남자는 손으로 자신의 앞머리를 쓸어 올리다 멋쩍게 웃는다.

"무릎 밑까지 오는 양말을 좋아해. 노란색을 좋아하고 여름을 좋아해. 또 걸을 땐 조금 팔자걸음."

남자는 재밌는 걸 발견한 듯 사진 하나를 짚는다. 연우의 가족이 미국에 살 때 찍은 사진이다. 남자는 배시시 웃으며 말을 잇는다.

"첫 해외여행이었어. 비행기 놓칠까 봐, 엄청 걱정했는데……."

다음 사진은 연우의 부모님 장례식장 사진이다.

"비자가 안 나와서 못 가게 될까 봐, 조마조마했어."

연우는 숨 쉬는 것조차 잊은 채 그의 말을 듣고 있다.

"너 혼자 외로울까 봐."

남자는 위로하는 눈빛으로 연우를 바라본다.

"그만!!!!!!!!!!!!!!!!!!!!!!!"

연우가 소리치자 남자가 눈을 감았다 뜬다.

"그만해!! 그만!!!! 너 뭐야!! 나한테 왜 이러는 거야!!! 도대체 왜 이러는 거야!!"

남자는 눈을 꿈벅꿈벅거리다가 머리를 긁적인다. 괜히 사진을 만지작거리며 한참을 머뭇거리다가 천천히 고백한다.

"가지고 싶었거든… 니가."

연우는 넋이 나간 채 고개를 젓는다.

"그… 그런데… 이제 와서… 왜……."

남자는 멋쩍게 인중을 긁적인다.

"아…… 니가 나를 필요로 하는 순간을 기다렸어."

"…뭐……?!"

"니가 완전히 혼자가 되는 순간."

남자의 말에 연우는 다시 벽을 바라본다. 미국 부모님 장례식장. 그리고 한국에 돌아와서 경찰서, 병원, 옛 지인들을 쫓으며 자신의 발자취를 확인하려 안간힘을 쓰던 연우의 모습들이다.

'앨리스의 토끼'

문득 연우의 머릿속에 이미지가 떠오른다. 병원 자판기 앞에서 마주친 남자, 카페에서 스친 얼굴. 그녀가 이십여 년 동안 숱하게 놓쳤던 앨리스의 토끼가 남자의 모습으로 치환된다.

"그동안, 외로웠지……?"

그의 말에 연우의 눈에서 눈물이 뚝 떨어진다. 남자가 다시 그녀에게로 다가간다. 그는 흔들의자 앞에 무릎을 꿇은 채, 연우의 눈물을 손으로 닦아 낸다. 남자의 하얗고 가느다란 손이 연우의 볼을 타고 눈물을 훔쳐 낸다. 연우는 거부하지 않고 말없이 울기만 한다.

픽--!!!


　순간 연우가 남자의 이마를 머리로 들이박자, 남자는 충격에 비
틀거린다. 연우는 그 찰나를 놓치지 않고 발버둥 친다. 그리고 의자
에 묶인 손과 발의 밧줄을 풀어낸다. 하지만 다음은 어쩔 줄 몰라
두리번거린다. 연우가 뒤돌아 도망치려는 때 그가 연우의 허리춤
을 부여잡는다. 연우는 기겁하며 비명을 지른다. 남자가 손수건으
로 연우의 입을 막는다. 연우는 발버둥 치다 이내 힘없이 풀썩 쓰
러진다.


　연우는 힘겹게 눈을 뜬다. 주위는 온통 어둠, 어둠. 어둠뿐이다.
눈뿌리에 힘을 주자 겨우 시야가 잡힌다. 창고처럼 보이는 지하실
이다. 먼지가 쌓인 잡동사니들과 현상되고 남은 필름들이 여기저
기 널려 있다. 연우는 극심한 두통에 관자놀이를 잡으며 일어난다.
　그때 끼이익 바닥을 끄는 소리와 함께 일층 바닥과 연결된 지하
실 문이 열린다. 빛이 터진다. 곧 물탱크 뚜껑이 열리며 빛이 터지
던 이미지와 교차된다. 열린 문으로, 남자가 반쯤 계단에 걸터앉은
자세로 쓰러진 연우를 바라본다. 순간 사다리 위에 올라 연우를 지
켜보던 소년의 이미지와 겹쳐진다. 연우는 두려움에 온몸이 떨리
기 시작한다.

남자는 부드럽게 미소 지으며 콧노래를 흥얼거린다. 물탱크 위에서 부르던 그 콧노래다. 연우는 머리가 깨질 듯해 자기도 모르게 소리친다.

"그, 그만해!!!!!"

남자는 콧노래를 뚝, 멈춘다.

"네 눈빛이 좋아. 니가 나를 보는 눈빛이 좋아."

"미, 미친 새끼."

"너도 내가 그리웠지?"

"그만하라구!!!! 이 개새끼야!!!!"

연우는 혐오스럽게 그를 노려본다. 연우의 눈빛에 남자의 표정이 일그러진다. 정적이 흐른다. 순간 연우는 상체를 일으켜 이를 악물고 문이 열린 계단으로 뛰어올라 간다. 남자가 당황해 움찔하자, 연우는 그의 바지 자락을 잡고 힘껏 끌어내린다. 남자가 중심을 잃고 계단 밑으로 연우와 뒤엉켜 우당탕탕 떨어진다. 몸 위로 남자가 쓰러지자, 정신을 차린 연우는 바닥을 더듬어 공격할 것을 찾는다. 손에 잡히는 무언가. 카메라 삼각대이다. 연우는 가슴 위에 쓰러져 있는 남자의 몸 위로 삼각대를 있는 힘껏 내리꽂는다.

악!!!!

짧은 비명과 함께 남자가 옆으로 쓰러진다.

연우는 덜덜 떨며 남자를 떨쳐 내고 멀찌감치 물러난다. 그리고 후들거리는 다리를 끌며 계단으로 기어올라 간다. 그때 남자가 연우의 다리를 잡는다. 연우가 다시 계단에서 미끄러지며 우당탕탕 쓰러진다. 남자가 쓰러진 연우 위로 서서히 오른다. 연우는 벗어나려 발버둥 치지만 독사처럼 몸을 휘감아 오르는 남자의 힘을 이겨 내지 못한다.

"놔!!! 이거 놔!!!!"

남자는 연우를 뒤에서 꽉 안고 놓지 않는다. 놓지 않으려는 남자와 벗어나려는 연우 사이에 격렬한 몸싸움이 이어진다.

"놔-!! 놔-!!!!!!!!!"

연우가 울부짖으며 몸부림치지만 남자는 말없이 부여잡고 놓지 않는다. 물탱크 안에서 어떤 행동도 하지 않고 지켜보기만 하던 소년의 얼굴을 한 채.

"으아아아아아악!!!!"

연우는 마지막 안간힘을 내어 손을 뻗는다. 앞에 놓인 삼각대가 잡힐 듯 말 듯하다. 하지만 그때, 연우의 목을 향해 남자의 손이 천천히 타고 올라 옭아맨다. 연우는 덜덜덜 떨다 깨진 삼각대 다리 끝으로 남자의 가슴을 찌른다. 남자의 심장에서 쏟아지는 피가 연우의 팔목을 타고 흐른다. 남자는 당황하다가 곧 모든 것을 내려놓은 평온한 표정이 된다. 연우는 겁에 질려 신음한다.

"으 으 으 으 으 으 으……."

연우의 손에 남자가 자신의 손을 포갠다. 그의 손이 닿자 연우는
움찔한다. 남자는 미소 짓는다. 연우는 그 미소에 불에 덴 듯 화들
짝 놀란다.


"이…제… 널… 기억…하는… 사람은…

내가… 마지막…이겠…구나……."


연우는 휘몰아치듯 흔들리는 눈동자로 그를 바라본다. 연우의
손을 잡고 있던 남자의 손이 힘없이 떨어진다.


연우는 절박한 심정으로 주택가 골목을 헤맨다.

피범벅이 된 채 막다른 길목을 몇 번이나 되돌아 길을 찾는다.
마침내 큰 도로로 빠져나온다. 절박한 연우의 눈앞에 사람들로 북
적이는 도심의 사거리가 펼쳐진다.

횡단보도 쪽으로 연우가 헤치고 나오자, 행인들은 피범벅이 된
기괴한 모습의 그녀를 보고 놀라 물러난다. 그때 사거리 신호등이
파란불로 바뀌더니 수많은 인파가 연우를 향해 쏟아진다. 연우는
인파 속에서 두려움 가득한 눈으로 도움을 구한다. 하지만 행인들

은 비명을 지르며 물러설 뿐이다. 혹은 핸드폰으로 그런 연우의 모습을 촬영한다. 연우는 주저앉아 울부짖는다.

"으아아아아아아아아아아악!!!!!!!"

잠시 후 신호등 불빛이 빨간불로 바뀐다. 연우를 둘러싸고 모여들었던 인파들이 거짓말처럼 사라진다. 사람들이 사라지자, 그 자리를 대신해 차들이 연우를 향해 험악하게 클랙슨을 눌러 댄다. 등대처럼 홀로 남은 연우는 깨닫는다.

이제 이 세상에 49일을 기억하는 사람은 없다는 것을.

누구나 다 아는
이야기

이끼와 덩굴에 뒤덮여 형체를 알아볼 수가 없다. 마치 거대한 괴물이 잡목을 엮어 만든 그물에 걸린 채 그대로 잠들어 버린 것 같다. 그렇게 숲과 완전히 하나가 되어 버린 폐가 앞에 서 있다. 세월 탓에 아귀가 어긋나 도저히 열리지 않을 듯 했던 문이 묵은 먼지를 일으키며 열린다.

아이가 걸어 나온다. 아이를 보는 순간 터져 나오는 울음을 꾸역꾸역 삼킨다. 더 눌러 내릴 공간이 남아 있지 않아, 목구멍 밖으로 울음이 비어져 나온다. 그런 나를 보며 아이가 다가온다. 무릎에 힘이 풀려 주저앉는다. 아이와의 거리가 가까워질수록 신음 같던 울음이 통곡이 된다. 내 울음에 놀라 나뭇가지에 앉아 있던 새들이 푸드덕 날아오른다. 나무들이 일제히 머리채를 흔들며 바람을 일으킨다. 그 바람에 아이는 스산해졌는지 어깨를 움츠리며 한 발짝 더 다가온다. 그리고 작은 입술을 오물거리며 말한다.

왜 이제야 왔냐고. 너무 오래 기다렸다고.

엘리베이터가 고장 났었어요.

네, 아파트 엘리베이터요. 몇 번 고장 난 적이 있어서 주민 회의 때 건의도 했는데, 제때 안 고쳐졌나 봐요. 그날 아침은 애들이 남편과 수영장에 가기로 한 날이었어요. 저도 가려고 했는데, 감기 기운이 있어서 애들이랑 남편만 보냈죠.

간식 챙겨서 들려 보내고 돌아서는데 아버지도 강아지 산책시킨다며 나가시더라구요. 네, 친정아버지랑 같이 살고 있어요. 원래 따로 살았는데, 아버지 건강이 안 좋아지셔서 같이 살게 됐어요. 아무튼 애들도 아버지도 다 나가고 저만 집에 남았죠. 한숨 돌리나 싶어서 커피 한 잔 내려서 테라스에 앉았어요. 간만에 혼자인 게 좋기도 하고 어색하기도 하고… 남자애 쌍둥이라 조용할 날이 없거든요.

사 두고 못 읽은 책이나 읽어 볼까 하던 참에 인터폰이 울렸어요. 경비실에서 연락이 왔는데 아버지 차 때문에 이삿짐 트럭이 못 들어오고 있다고요. 알겠으니, 빼러 간다고 했어요. 다행히 아버지께서 차 열쇠를 두고 가셔서 바로 나섰죠.

저희 집이 11층인데 그날따라 걸어갈까 싶은 생각이 들었어요. 운동을 싫어하는데 그날은 왠지 걷고 싶더라구요. 그런데 마침 엘리베이터가 11층에 있어서 얼른 탔어요. 처음엔 괜찮았어요. 거울 보면서 있는데 7층이었나, 6층이었나 쿵 소리와 함께 갑자기 멈췄어요.

　무슨 일인가 싶었죠. 전화를 하려니 핸드폰을 안 들고 왔다는 걸 깨달았어요. 비상 버튼을 눌러 봤는데 깜박깜박 불만 들어오고 통화가 안 되더라고요. 아차, 했죠. 그래도 뭐 곧 사람이 오겠지 싶어서 기다리고 있었어요. 헌데 갑자기 숨이 안 쉬어지는 거예요. 명치에 돌덩이가 딱 막힌 것처럼 답답하고 숨구멍이 조여드는 느낌. 물속에 잠긴 것처럼 귓구멍이 막혀서 윙윙 이명도 들리고. 그런 적은 난생 처음이었어요.

　패닉 상태에서 문을 두드렸어요. 살려 달라고. 여기 사람 있다고. 것도 잠깐이고, 점점 손발에 힘이 안 들어가는 거예요. 그대로 주저앉았어요. 벽에 기대고 주저앉아서 아, 이대로 죽는구나 싶었죠. 이상한 건… 그 후부터였어요. 음… 뭐라고 표현해야 하나. 조금씩 숨 쉬는 게 편안해지면서… 그러다가 몸이 점점 따뜻해지고 반신욕을 하는 것처럼 근육이 이완되더라구요. 온천에 몸을 담그고 있는 기분이었어요. 그리고 편안해졌어요. 불안도 공포도 긴장도 사라지면서 아니 모든 감정이 사라지고 적막만 남은 순간. 잘 표현은 못 하겠는데, 보통 그런 말하잖아요. 자궁 속에 있는 기분이라고. 마치 태초로 돌아간, 자신의 뿌리로 회귀한 것처럼. 몸과 마음이 잠잠해지고 고요해지는 기분. 네, 그건 평온이었어요. 완벽한 평온.

그때 그 아이를 봤죠. 엘리베이터 거울 속에 있었어요. 더벅머리에 온몸이 상처투성이인 아이였어요. 거울 속에서 저를 안쓰럽다는 눈으로, 바라보고 있었어요. 온몸에 소름이 돋았죠. 이게 귀신인지, 환영인지, 아니면 몰래카메라 같은 건지, 판단이 안 됐어요. 너무 놀라 비명도 제대로 안 나오더라구요.

다행히 사람 소리가 들렸어요. 경비실 직원이 문밖에서 누구 있냐고, 괜찮냐고 소리쳤어요. 간신히 무릎에 힘을 주고 일어났어요. 안에 사람이 있는 걸 알아차리고 밖에서 기계로 문을 열기 시작했어요. 엘리베이터 문틈이 조금씩 벌어지면서 빛이 들어왔죠.

그때 제가 어쨌냐면요……. 네, 온 힘을 다해서 열리는 문을 닫으려 했어요. 모르겠어요. 왜 그랬는지. 그냥 밖에 사람들이 날 해칠 것만 같고. 숨바꼭질을 하다 술래에게 들킨 꼬마처럼 초조하고 두렵고 무서웠어요. 그래서 열리는 문을 부여잡았어요. 소리도 질렀죠.


가! 가! 나 두고 가! 가! 여기 있을 거야! 나 괜찮으니 가라고!

당연히 사람들은 당황했죠. 구해 주려는 건데 이 여자 미쳤나 싶었을 거예요. 제가 발광하는 동안 거울 속 아이는 여전히 저를 내려다보고 있었어요. 안쓰럽다는 듯 아니, 꼭 나를 원망하는 눈으로요. 그 아이와 눈이 마주치지 않으려고 노력하면서 문을 닫았어요.

아니, 아이에게 혼이 날까 봐 더 발악을 하면서 사람들을 쫓아냈어요. 하지만 강제로 여는 유압 장비 힘에 문이 열려 버렸죠. 빛이 엘리베이터 안으로 쏟아지면서 순간 거울 속의 아이도 사라졌고요.

집에 들어와선 그냥 잤어요. 며칠 못 잔 사람처럼 잠이 쏟아졌어요. 아, 꿈을 꿨어요. 그 아이가 나오는 꿈이었는데. 숲에서 아이가 뛰어놀고 있었어요. 아이의 웃음소리가 이미지랑 계속 한 박자씩 엇갈리는데, 아이는 어떤 집으로 들어가요. 집 안에 들어가면 부서진 건지 원래 그런 건지 천장에 구멍이 나 있고 그 구멍 사이로 파란 하늘이 보여요. 바닥에는 아이가 먹다 흘린 과자들이 흩어져 있고 개미들이 줄을 지어 과자 부스러기를 나르고 있어요. 그때 아이가 내 팔을 잡아요. 놀라서 보면 또 그 안쓰럽다는 표정으로 지그시 보다가 팔을 확 끌어당겨요. 끌어당기는 힘이 얼마나 센지 중심을 잃고 쓰러지면서 꿈에서 깼어요.

깨면서 비명을 질러 옆에 있던 남편이 덩달아 깜짝 놀라더군요. 남편이랑 애들이 돌아와 있었어요. 친정아버지도요. 경비실에서 자초지종을 들었는지 괜찮냐고, 별 일 없냐고 묻더군요. 괜찮다고. 그랬죠. 그런데 내 입에서 나오는 말이랑 달리 몸이 저절로 움직이기 시작하는 거예요.

갑자기 일어나서 방 안의 서랍이며 옷장이며를 다 열어서 뭔가를 찾기 시작했어요. 네, 제가요. 거실에 나가서도 온 서랍장을 열어 헤치고 부엌 냉장고를 열어서 안에 든 음식을 다 꺼내고 난리를 쳤어요. 한참을요. 남편이 붙잡고 말리려는데 어디서 그런 힘이 나왔는지 뿌리치고는 온 집구석을 다 헤집어 놨어요. 그러고는 안 되겠다 싶었는지 베란다로 뛰어간 거예요. 베란다 문을 열고 그대로 뛰어내리려 한 거죠.

모르겠어요. 그냥 뛰어내려야 한다는 생각뿐이었어요. 죽으려는 생각은 아니었어요. 그거랑 조금 다른 건데… 이곳에서 탈출해야 한다고 밖으로 나가야만 한다고 그런 느낌이었어요. 남편이 기겁을 해서 뛰어내리려는 저를 부여잡았어요. 상체를 반쯤은 베란다 난간에 걸친 채 정신이 들었는데 밑으로는 시멘트 바닥이 휘몰아치고 위로는 고층 아파트가 하늘을 가리고 있고 숨이 가빠졌어요. 엘리베이터 안에서처럼요. 그제야 애들 우는 소리가 들리더군요. 남편이 몸을 붙잡고 있고 쌍둥이들이 제 다리를 하나씩 붙잡고 '엄마, 왜 그래. 죽지 마. 죽지 마.'하고 울고 있었어요. 그 소리에 정신을 잃고 쓰러졌어요.


남편이랑은 별 문제없어요. 선생님이 그이 친한 후배니깐 누구보다 잘 아시잖아요. 윤석 씨 어떤 사람인지. 좋은 사람이죠. 착하고 성실하고 애들이라면 껌벅 죽고. 저한테도 잘해요. 애들도 착하죠. 요즘 애들 같지 않게 순하고, 남자애들인데도 큰 말썽 없고. 생활에 불만 같은 거 하나도 없어요. 제가 불만 있다 그럼 배부른 소리죠. 의사 남편에, 떡두꺼비 같은 애들 둘에. 강남 한복판 아파트에 살고… 네, 꼭 물질적인 것뿐만이 아니라 정말 불만 없어요. 단지… 그냥 단지…….

그날 이후로도 증세는 계속 됐어요. 자꾸만 집 밖으로 뛰쳐나가려 하고, 그게 저지되면 옷장이나 큰 박스 같은 곳에 기어 들어가는 행동 말이에요. 애들이 엄마가 고양이가 됐다고 그러더라구요. 우리 엄마, 냐옹이 병 걸렸어. 그래요. 고양이들이 어둡고 좁은 곳으로 기어 들어가잖아요. 박스 같은 곳에 자꾸 들어가려고 하고. 애들 말을 들으니깐 혹, 저도 모르는 사이에 야생 동물한테 물린 적이 있었나 싶더라구요. 광견병 같은 거 있잖아요.

검사란 검사는 싹 다 했죠. 남편이 의사니 좀 의심이 많겠어요? 생전 듣도 보도 못한 온갖 장비로 다 뒤져 봤죠. 어느 순간은 검사 받다가 오히려 방사능 때문에 병 걸리겠다 싶더라고요. 하지만 아무리 뒤져도 별다른 이상도 없고… 시간이 지날수록 증세는 더 심해졌어요. 애들 밥도 안 챙기고 하루 대부분을 어둡고 좁은 공간에 숨어 있고.

아까 제가 전화박스 안에 들어가 있어서 놀라셨죠? 죄송해요.

저도 모르게 정신을 차리고 보면 그러고 있어요.

네, 선생님 말씀대로 단순 외상 후 스트레스 증후군일 수도 있어요. 엘리베이터에 갇힌 충격 때문에 갑자기 확 돈 걸 수도 있죠. 그런데 저는 다른 뭔가가 있는 기분이 자꾸만 들어요. 내가 놓친 뭔가가 있을 것만 같은⋯⋯.


요즘도 자주 악몽을 꿔요. 꿈 내용은 비슷비슷해요. 엘리베이터에서 봤던 그 아이가 나오고, 숲 같은 곳을 헤매요. 낮일 때도 있고, 밤일 때도 있고. 숲을 한참 헤매다가 돌부리에 걸려 넘어지기도 하고, 벌레에 물려서 퉁퉁 부어오르기도 하고. 아, 꿈속에서 제가 그 아이의 시선이 될 때도 있고 단지 멀리서 지켜볼 때도 있고. 날마다 달라요. 그런 꿈을 꾸고 나면 온몸이 땀에 흠뻑 젖어 있어요. 열은 펄펄 끓어오르고.

최근에는 꿈에서 다른 사람을 봤어요. 글쎄요. 그걸 사람이라고 하는 게 맞는지. 아이보다 키가 두 배는 큰 검은 형체가 아이를 바라보고 있어요. 아니, 아니. 반대예요. 바라보는 게 아니라 아이를 등지고 있어요. 아이는 그 검은 형체를 끊임없이 쫓아가요. 하지만 다가가면 멀어지고 다가가면 멀어지고, 밤새 그 검은 형체를 쫓다가 잠에서 깨요.

그런 꿈을 꾸고 나면 곧잘 환영을 봐요. 또 아이가 나타난 거냐

구요? 아니요, 제 모습이요. 거울을 보면 제 얼굴이 눈, 코, 입의 위
치가 마구잡이로 엉켜 있어요. 눈, 코, 입이 다투듯이 이리저리 얽
히다가 형체를 알 수 없이 일그러져 얼굴 중심으로 함몰돼요. 그러
다가 결국 이목구비가 사라져 몽달귀신처럼 되어버리죠.

무섭지 않냐고요? 무섭다기보다, 슬펐어요…….


교통사고요? 없었어요. 뭐, 누구랑 크게 싸운 적도, 얻어맞은 적
도 없는데. 정신적으로 충격 받을 만한 일은 최근에 없었어요. 어릴
적요? 어릴 적이라…….

아, 선생님, 죄송해요. 뭘 좀 생각한다고… 네? 의도적 망각이라
고요? 들어본 것 같아요. TV에서 봤어요. 사람이 충격적인 사건을
겪으면 살아남으려고 그 기억을 일부러 잊어버린다고요. 전쟁을
겪은 사람들이나 자연재해를 겪은 이재민도 그런 증상이 있다고
들었어요. 죄송해요. 선생님 앞에서 어쭙잖게 아는 척을 했네요. 그
러니깐 단기 기억상실증 같은 거죠? 뭔가 아침 드라마 같네요.

제가 그런 경우란 건가요? 어떤 기억을 의도적으로 망각한. 네,
그럴 수도 있겠네요. 제가 기억하지 못하고 있는 충격적인 사건이
있었을 수도 있지요. 그러니깐 선생님 말씀은 제가 망각했던 기억
을 엘리베이터에 갇히는 사건이 촉매제가 되어 떠올렸다는 말씀
이지요? 지금 이 미친 짓을 멈추려면 잊어버렸던 기억을 찾아내야

한다는 거고…….

잘 될지는 모르겠지만 노력은 해 볼게요. 이렇게 살다간 정말 미쳐버릴 것 같으니.


선생님 조언대로 예전에 친했던 사람을 만나고 다녔어요. 그런데 제가 친구가 없어서… 결혼 전 만났던 사람을 만났어요. 남편 후배 분에게 이런 말 드리려니 민망하네요. 치료의 일환이라고 생각해 주세요.

대학교 때 한 2년 사귀었던 친구예요. 오랜만에 만나니 어색했죠. 대뜸 자길 왜 불러냈나 싶어 황당한 얼굴로 찬물만 들이켜더라고요. 뭐 드라마처럼 뒤늦게 혼자 애 키우고 있었다 이런 스토리를 생각했나 본지, 딱딱하게 굳어 있었어요. 그거 보니 좀 우습기도 하고. 별 얘길 다하네요. 죄송해요. 아무튼 서로 어떻게 사나 근황 파악 좀 한 다음에 다짜고짜 예전에 제가 어땠는지 물어봤어요. 뭔가 이상한 말을 한다던지, 지금처럼 이상한 행동을 했다던 지.

묻는 거에 답은 안 하고 심각한 얼굴로 남편이랑 사이가 안 좋냐고 되묻더라고요. 웃었죠. 아니라고, 설명하긴 긴데 아무튼 나에 대해 이상한 점이 있었다면 다 말해달라고 그랬죠.

무서웠대요.

네, 제가 무서웠대요. 씁쓸하죠. 옛 연인한테 무서운 존재로 남아있다니. 모르겠어요. 그냥 사람 같지 않았대요. 웃지도 않고, 그렇다고 울지도 않고. 사귀는 내내 감정이 없는 로봇이랑 만나는 것 같았다나요. 처음에는 그런 면이 도도해 보이고 신비로워 보이고 그래서 좋았는데, 나중에는 지나쳐서 순간순간 섬뜩했다고. 섬뜩하다라…… 옛 애인한테 하는 말 치곤 아무리 생각해도 좀 심한 것 같네요.

뭐 사실, 새롭지도 않아요. 그런 얘기 많이 들었거든요. 넌, 도대체 무슨 생각하냐. 감정이 있기는 한 거냐. 도통 속을 모르겠다. 그런 얘기요. 선생님도 제가 그렇게 보이나요?

어쨌든 괜히 불러냈구나 싶었죠. 이런 얘기 듣고 싶었던 건 아닌데… 다른 얘기는 없었냐고요? 음… 별다른 건 없고, 아버지 안부를 묻더군요. 네, 저희 친정아버지요.

그 친구 만나고 있을 때 아버지를 다시 만났거든요. 아, 그 얘기를 안 했군요. 어릴 때 아버지랑 잠깐 떨어져 살았어요. 십여 년 정도? 전 외할머니 손에 컸어요. 할머니가 돌아가시고 장례식장에서 아버지를 다시 만났어요. 그동안 줄곧 아버지와 소식이 끊어져 살았거든요. 그 얘기를 왜 이제야 하냐고요. 일부러 얘기를 안 한 건 아니고요. 어쩌다 보니…….

죄송해요. 잠깐 두통이.

잊고 살았어요. 그냥, 살기 바쁘다 보니 굳이 되새기지 않은 것도 있고. 네, 선생님 말씀대로 정말 기억하고 싶지 않아서인지도 모르겠네요.

지난 상담 이후로 아버지에 대해서 의식적으로 기억을 떠올리려 노력했어요. 그러다 보니 장면 장면 꽤 선명하게 떠오르는 게 있더라고요. 하루는 아이들이 유치원에서 돌아올 시간이 돼서 나가려고 준비하는데, 순간 섬광처럼 번쩍하고 기억이 떠올랐어요.

물론 기억을 전혀 못하고 있었던 건 아니니, 새로운 기억은 아니죠. 차이라면 전에는 '장례식장에서 십여 년 만에 아버지와 재회했다.' 라는 상황을 문자 그대로 기억하고 있었다면, 지금은 영화관에서 스크린을 보듯이 생생하게 장면이 떠올라요. 그때 사람들과 나누었던 대화, 공기, 냄새, 빛. 이런 게 영상이 되어 눈앞에서 흘러가요. 옛날 영화를 보는 것처럼 필름이 이어질 듯 끊어질 듯하다가 다시 앞으로 감겨 드르륵거리다가 멈추기도 하고. 그렇게 뜨문뜨문 기억들이 이미지화돼요. 떠오르는 대로 다 얘기해 보라구요? 모두 다요?


"오늘, 느그 아부지 어데 있는지 알았다. 저짜, 미국에 가 있었다 카드라."

돌아가시기 전에 외할머니 댁에서 밥을 먹고 있어요. 할머니는 제 눈치를 보며 슬쩍 말을 던져요. 제가 별 대꾸가 없자 화를 내세요.

"니는 우짜된 아가 그리 메말랐노! 니는 아부지 소식도 안 궁금허나? 내사 십 년을 뛰댕기며 느그 아부지 찾느라 그 고생을 해도, 우짜된 게 니는 맨날 남 얘기하듯 보노? 내사마 니같이 목석같은 아 츰 봤다."

그때 파리 한 마리가 머리 위에 윙 날아가요. 저는 무기력하게 파리를 잡으려 손을 흔들어요. 그 모습을 할머니가 기가 막히다는 얼굴로 바라봐요.


다음에 이어지는 기억은, 외할머니 장례식장이에요. 간간이 조문객도 드나들어요. 옛 남자친구가 손님들 수발을 도와주고 있어요. 저는 상복을 입고 외할머니 영정 사진을 멍하니 바라보고요. 제 뒤로 먼 친척 아주머니 두 분이 얘기를 나눠요.

"쟤는 어쩌된 애가 눈물 한 방울 안 흘린대?"

"그러게. 쟤만 보면 난 으스스해. 젊은 애가 웃지도 않고, 울지도 않고 산송장 같다니깐."

남자친구가 그 얘기를 듣고 의식적으로 헛기침을 해요. 전 그저 듣고만 있어요.

그때 누군가가 들어와요. 전 무기력하게 절을 하고 고개를 들어

요. 조문객의 얼굴을 확인하고 잠깐 굳었어요. 그 사람이 아버지라
는 걸 깨닫기까지 얼마간 시간이 걸렸거든요.

"아버지."

"아버지라고?"

남자친구가 화들짝 놀라며 저와 아버지를 번갈아 봐요. 아버지
는 저랑 똑같이 무표정한 얼굴로 서 있어요. 하던 절을 마저하고,
아버지와 함께 장례식장 뒤편으로 나가서 이야기를 나눴어요.

한참을 서로 아무 말이 없었어요.

"오셨어요."

"잘 자랐구나."

또 침묵이 흘러요.

"좋아 보이시네요."

"그냥 외국에서 이것저것 사업을 했다. 지금은 어찌어찌 풀려서
먹고살 만은 하다."

"그렇군요."

제 덤덤한 대답에 다시 침묵이 흘러요.

"어떻게 살았니……?"

"그냥 살았어요."

"그렇구나."

또 침묵. 그러다 아버지가 아무렇지 않게 말해요.

"나랑 가자."

마치 점심 때 본 사람이 저녁 때 밥 먹으러 가자고 하는 것처럼. 밋밋한 말투였죠.


장례식을 끝내고 아버지를 따라갔어요. 짐이랄 것도 없어서 트렁크 하나 달랑 들고 아버지 집으로 갔죠. 고급 승용차를 타고 텔레비전에서만 보던 어마어마한 주택 앞에 내리더군요. 네, 결혼 전까지 살던 한남동 집이에요. 아버지를 따라 집 안으로 들어가니, 벌써 제 방이 다 꾸며져 있더라고요.

"여기가 이제 네 방이다."

아버지 말에 따라 방 안을 둘러보았어요. 내 방이라고 하니 내 방이구나 싶었죠.

하루아침에 신데렐라가 된 거죠. 외할머니랑 기초 생활 수급비로 근근이 살아가다가 부잣집 외동딸이 된 거니. 주위에선 로또 맞았다고 하더라고요. 그 뒤론 원 없이 살았어요. 더 이상 등록금 걱정 없이 학교도 다니고, 어학연수라는 것도 가 보고. 말만 하면 아버지가 다 들어줬거든요.


그렇게 졸업하고 아버지 회사에서 회계 일을 조금 배웠어요. 2, 3년 정도 회사에 다녔죠. 그리고 아버지가 소개해 준 남자를 만났어요. 네, 윤석 씨예요. 들으셨는지 모르겠지만 윤석 씨가 아버지 주치의였다고 해요. 일찌감치 사윗감으로 적어 두었다네요.

윤석 씨 좋은 사람이잖아요. 몇 번 만나고 바로 결혼 얘기가 오 갔죠. 선생님도 결혼식 때 오셨었죠? 다시 한 번 감사해요. 아무튼 결혼해서 일 년 만에 쌍둥이들 낳고, 그리고 아시다시피 별 탈 없 이 지금까지 살았어요. 그 엘리베이터에 갇히기 전까지는.


너무 오랜만이죠, 선생님. 죄송해요. 그간 컨디션이 안 좋아서 상담 올 여유도 없었네요. 무슨 일이 있었냐고요? 아버지에 대해 생각나기 시작했거든요. 정확히 말하면 아버지와 십여 년간 떨어 져 살게 된 이유가 떠오르기 시작했어요. 전에는 막연히 아버지가 사업차 미국에 있었다, 정도로만 기억이 났었어요. 그런데 아버지 가 미국에 가기 전 일들이 뚜렷하게 떠올랐어요. 그러니깐 엄마가 살아 계실 때 이야기요. 네, 친정어머니요. 어릴 적 돌아가셨거든 요.


"지금부터 숨바꼭질 하는 거야.
누구한테도 들키면 안 돼.
아빠가 찾으러 올 때까지
아무한테도 들키지 않는 거야. 알았지?"

아버지가 저에게 그러셨어요. 엄마 장례식장에서요. 제가 열 살 때였어요.

조문객이 거의 없어서 장례식장 안이 한산하다 못해 초라하고 서글펐어요. 엄마가 내 옆이 아닌 영정 사진 속에서 웃고 있는 게 당시에는 이해가 안 갔어요. 현실감이 안 들었달까요? 어린애들한테 죽음은 이해가 안 되는 거잖아요. 왜 갑자기 없어졌는지, 왜 만나지 못하는지. 왜… 왜… 끝없이 의문밖에 안 들었어요.

그때 아버지가 왔어요. 내내 어딜 갔던 건지, 열 살짜리한테 상주 자리를 맡겨 놓고는 왜 이제야 온 건지. 알 수가 없었죠. 화가 났어요. 아버지한테 화가 많이 났던 것 같아요. 그런데 아버지 얼굴을 보자마자 화를 낼 수가 없었어요.

죽은 사람 같았거든요. 영정 속에 죽은 엄마보다 살아 있는 아버지가 더 죽은 것 같았어요. 푹 들어간 볼에 눈두덩이는 꺼져 있고 하루아침에 머리가 허옇게 세었어요. 그땐 아버지 나이도 고작해야 사십도 안 되었을 텐데, 꼭 칠십 먹은 할아버지처럼 보였어요. 저 사람이 우리 아빠가 맞나싶어 한참을 봤어요.

"가자……."

아버지는 대뜸 가자고만 했어요. 어디로 가자는 건지, 말도 안 하고, 그저 가자, 가자……. 전 엄마 영정 사진과 초조한 얼굴의 아버지를 번갈아 보면서 불안해했어요. 아버지 눈빛이 금방이라도 종말을 맞이하는 사람처럼 보였거든요. '슬픔'이랑은 좀 다른 거였어요. '공포'에 더 가까웠어요.

　장례식장에서 나와 집으로 갔어요. 그걸 집이라고 해야 맞는 건지, 임시 거처라고 하는 게 더 가깝겠네요. 아버지 사업이 부도난 후 급하게 옮긴 곳이었거든요. 도배도 못해서 벽지가 뜯어지다 만 채 회색 시멘트 벽이 그대로 남아 있었어요. 살림살이도 이사할 때 대부분 다 처분하고 와서, 꼭 집 꼴이 살가죽이 다 떨어져 나가고 뼈만 남아 있는 해골 같았죠. 그나마 이삿짐 박스도 제대로 풀지 못해서 누런 테이프가 얼기설기 붙은 채 집 안에 굴러다니고 있었어요. 잔해 더미 같은 짐을 헤치고 제 물건들을 책가방에 담기 시작했어요.

　"간단히 꾸려라. 필요한 것만!"

　아버지는 누군가에게 쫓기는 사람처럼 입술을 지근지근 씹으며 채근했어요. 아버지가 채근할수록 불안해져서 자꾸 챙겨야 할 물건이 아닌 엉뚱한 걸 책가방에 구겨 넣고 있었죠.

　"지금부터 숨바꼭질 하는 거야. 유신이 숨바꼭질 좋아하지? 아빠가 데리러 갈 때까지 절대 거기서 나오면 안 돼! 알았지? 아니지. 나올 수도 없겠구나……."

　책가방이 불룩해져서 더 이상 담지 못하게 됐을 때, 아버지가 제 팔을 끌어 일으키며 말했어요. 여전히 어디로 간다는 건지, 왜 가는 건지. 느닷없이 숨바꼭질을 하자는 아버지 말이 도통 무슨 말인지 알 수가 없었죠. 아버지 손에 이끌려 집을 나설 때 꼭 챙겨야 하는 걸 깜박했어요. 바로 엄마와 함께 찍은 가족사진이었어요.

"아빠, 잠깐만! 엄마 사진!"

발버둥 치며 소리쳤어요. 제 목소리에 아버지가 경기하듯 놀랐죠. 그러고는 저를 그대로 들쳐 안고 도망치듯 집을 빠져나갔어요. 저는 아버지 품 안에서 버둥거리며 울부짖었어요. 엄마 사진 챙겨야 한다고요. 하지만 결국 그 폐허 같은 방 안에 엄마 사진만 덩그러니 남겨 놓은 채 떠날 수밖에 없었죠.

기차역으로 갔어요. 밤 막차라 인적이라고는 없더군요. 촬영이 끝나고 버려진 세트장 같았죠. 아버지는 초조한 눈빛으로 주위를 둘러보며 경계했어요. 저는 발끝만 쳐다보며 훌쩍거리고 있었고요. 기차가 도착하자 아버지 손을 잡고 얼른 칸에 올랐어요.

대부분 사람들이 잠들어 있더라고요. 간간이 술병을 쥐고 술에 취해 잠든 노인도 보이고 서류 가방을 품에 안고 웅크려 잠든 회사원도 보이고요. 꼭 피난민들 같았어요. 전 불안해 아버지 손만 꼭 잡고 자리에 앉았어요. 아버지는 사람들 시선이 닿지 않는 구석진 창가에 앉고 마주 보는 자리에 저를 앉혔어요. 어디 가는 거냐고 물어도, 아무 말도 없이 색 바랜 커튼으로 얼굴을 반쯤 가린 채 창

밖만 바라보고 계셨죠. 그러다가 아버지가 잠든 후 옆 좌석으로 가서 창가에 코를 박고 바깥 풍경을 바라보았어요. 어둠 속에, 간간이 인가의 불빛이 스쳐 지나가는 걸 보며 저도 모르게 잠들었어요.

"일어나. 유신아."

아버지가 흔들어 깨우는 소리에 눈을 뜨니 창밖이 밝아 있었죠.


기차에서 내려 역 앞 우동집으로 갔어요. 허름한 시골 식당에 아버지와 둘이서 구석 자리를 찾아 앉고는, 우동이 나오자마자 허겁지겁 먹었어요. 하루 종일 제대로 먹은 게 없었거든요. 반면 아버지는 한 젓가락도 뜨지 못하고 저를 바라보다가 재촉했어요.

"빨리 먹어라. 빨리."

면발이 입으로 들어가는지 코로 들어가는지도 모르게 급하게 먹었죠. 테이블 밑으로 아버지 다리가 불안하게 떨리는 걸 보면서요.

"가자."

결국 국물 마실 시간도 없이 아버지 손에 이끌려 식당을 나섰어요.

겨우 요기를 하고 마을버스를 탔어요. 그사이 날은 밝았고 덜컹거리는 버스 창밖으로 풍경을 바라보았어요. 버스에 탄 지 오 분도 안 돼서 건물이라고는 없이 논밭과 나무밖에 안 보이더라고요. 얼마나 깊은 산골인지, 인가도 거의 없었고요. 창밖을 보다가 딱히 볼 게 없자 꾸벅꾸벅 졸았어요. 그러다가 종점에 도착했다고 해서 아버지와 함께 내렸죠.

버스가 흙먼지를 뿌리며 온 길로 돌아갔어요. 본능적으로 이제 집으로 갈 수 없구나, 그런 생각이 들었던 것 같아요.

종점 앞에 다 쓰러져 가는 작은 구멍가게가 있었어요. 건물이 버티고 있는 게 신기할 정도로 중심축이 기울어서 간판도 곧 떨어질 듯 삐뚜룸했어요. 아버지가 앞장서서 가게 안으로 들어갔죠.

가게 안은 변변한 물건도 없고 금방이라도 먼지 더미에 짓눌려 무너질 것 같았어요. 안쪽에 쪽방이 있었는데 백발의 노파가 벽처럼 앉아 있었어요. 할머니가 살아 있는 사람이 맞나하고 한참 바라봤던 기억이 나요.

"먹고 싶은 거 다 사라. 최대한 많이. 가져갈 수 있는 만큼 다 가져와."

아버지 말에 이게 웬일인가 싶어 정신없이 물건을 골랐죠. 몇 개 없는 과자며, 음료수며 손에 잡히는 대로 집었어요.

품 안에 다 안을 수 없을 정도로 먹을 걸 잔뜩 사서 흙길을 걷기 시작했어요. 아버지는 제가 있는 걸 잊은 사람처럼 빠른 걸음으로 숲을 헤쳐 나갔죠. 그때까지만 해도 어디 좋은 데 소풍이라도 가나 보다 싶어 입꼬리가 절로 히죽거렸어요. 품에 안은 과자 중 뭐부터 먹을까 머릿속으로 계산하면서요.

그런데 점점 이게 아니다 싶어졌죠. 숲길을 족히 삼십 분은 걸었는데도 아버지는 멈출 생각을 안 했어요. 품에 안은 과자는 습기를 먹은 것처럼 무거워지고, 길이라는 흔적도 사라지고 그냥 숲을 헤치고 걸었어요. 한낮인데도 빛 한 줄기도 안 들어올 만큼 울창한 숲이었어요. 6월이었지만 날씨는 한여름 날씨라 온몸이 땀범벅이 되어 금방이라도 쓰러질 것 같았고요. 속이 메슥거리고 앞이 뱅글뱅글 도는 게, 지금 생각하면 일사병이었던 것 같아요. 반팔에 반바지 차림이라서 종아리며 팔뚝이며 나뭇가지랑 가시에 긁혀서 쓰리고 아프고⋯⋯.

아무튼 더 이상은 못 걸을 것 같아 아버지를 불렀어요. 아빠, 그만. 아빠, 같이 가. 아빠, 나 속이 이상해. 토할 것 같애, 아빠⋯⋯. 하지만 아버지는 제 목소리가 안 들리는 건지 풀숲을 헤치며 정신없이 앞만 보고 걸어갔어요. 무릎에 힘이 풀려서 도저히 한 걸음도 갈 수 없을 즈음 도대체 어디까지 가야 하는 거냐고, 신경질을 내면서 소리를 질렀어요. 그제야 아버지가 멈춰 섰어요.

"조금만 더 가면 된다. 빨리 걸어라."

아버지는 그 말만 하고 다시 휘적휘적 나뭇가지를 꺾어 길을 만들며 앞으로 걸었어요. 전 두 팔에 힘이 풀려서 안고 있던 과자를 바닥에 줄줄 흘렸고요. 과자를 주우면서 생각했어요. 아, 보챈다고

해서 될 게 아니구나. 체념하고 다시 걷기 시작했죠.

걷다 보니 뒤꿈치가 까져 피가 났어요. 한숨 돌리려고 멈춰 서서 고개를 드는데 나무로 가려져 있는 하늘이 드러나면서 빛줄기가 쏟아지는데……. 지금껏 걸어온 숲길과는 동떨어진 공간이었어요. 마치 그 부분만 옴폭 팬 것처럼 지형이 낮아서 아늑한 느낌이 들었어요. 그때 아버지가 말했어요.

"지금부터 숨바꼭질을 할 거다."

한 일주일 입원했었나요? 네, 열이 안 떨어져서요. 병문안 와 주셔서 감사해요. 이래저래 민폐만 끼치네요. 갑자기 기억이 되살아나다 보니 몸에 과부하가 걸렸나 봐요. 고열이 떨어지지 않는 데다 가벼운 폐렴까지 겹쳐서 고생했어요. 제가 이렇게 체력이 약한지 몰랐네요. 아니, 정신력이 약한 건가요? 몸도 마음도 면역력이 제로가 된 기분이에요. 아무튼.

머릿속에서 며칠 동안 아버지 목소리만 맴돌았어요. '지금부터.' '숨바꼭질을…' '할 거다…….'

귓가에 잡히지 않는 모기처럼 윙윙.

아버지께 무슨 일이 있었던 건지 직접 물어본 적은 없냐고요? 지금 미국 출장 중이세요. 딱 맞춰서 도망이라도 간 것처럼. 제 몸이 안 좋아졌을 때부터 묘하게 저를 피하세요. 전부터 살가운 부녀 사이는 아니었지만, 최근에는 눈도 잘 안 마주치시고, 제가 말이라도 걸라치면 화들짝 놀라거나 아예 무시하고. 그러고는 일정에도 없는 출장을 잡으셔서 훌쩍 떠나 버리셨어요. 마치 누가 쫓아오는 것처럼. 꼭 예전 그때처럼.

묻고 싶은 게 많죠. 아주 많죠. 하지만 아버지에게 물어도 내가 원하는 걸 답해 주지 않을 거라는 생각이 들어요. 지금은요. 그러게요. 제가 괜히 오바하는 건지도 모르겠지만. 이상한 게 한두 가지가

아니죠. 하지만 아버지가 모른다고 해 버리면 그뿐이잖아요. 어쩔 수 있나요. 오로지 제 힘으로 기억하는 수밖에.

입원해 있는 동안 내내 꿈을 꿨어요. 그게 꿈이었는지 떠오른 기억인지, 저도 잘 분간이 안 가요. 하지만 고열에 시달리면서도 머릿속 이미지들은 점점 더 또렷해졌어요. 뜨거운 열에 흐물대던 반죽의 형태가 견고해지는 것처럼, 기억이 견고해지는 느낌이었어요. 열이 조금씩 내릴 때부터 선생님에게 말씀드리려고 두서없이 떠오르는 이미지들을 차곡차곡 정리했어요. 그러다보니 막혔던 부분이 덩달아 생각나기도 하고. 이렇게 말씀드리다 보면 저도 모르게 기억하지 못했던 부분까지 떠오르더라고요. 네, 지금부터 천천히 다시 이어 갈게요.


하늘이에요. 파란 하늘. 마치 자투리 천을 얼기설기 이어서 조각보를 만든 것처럼 파란 하늘이 조각조각 보여요. 하늘을 이은 실은 나무들이에요. 나뭇가지가 서로 손깍지 끼듯이 하늘 조각들을 얽고 있어요.

그 조각난 하늘 사이로 빛이 쏟아질 때면 빛으로 된 소나기가 내리는 것 같아요. 그 모습이 너무 아름다워서 지금도 눈에 선해요. 그 빛 소나기가 쏟아지는 숲 가운데 그 집이 있었어요. 나무로 지어진 자그마한 1층 집. 집이라고 하기엔 좀 그런가…… 창고라고 하기에는 지붕도 있고 창문도 있고. 어쨌든 제가 살았던 곳이니 집이라고 할게요. 나무와 덩굴에 얽혀 마치 숲의 일부처럼 보였어요. 신비로웠죠. 그때가 열 살이었으니 '신비롭다'는 말은 동화책에 나오는 묘사로밖에 여겨지지 않았는데, 그 집을 보고 신비로운 게 이런 거구나 했어요. 집이 마치 살아 있는 것 같았거든요. 착각이었는지 모르겠지만, 집이 숨을 쉬는 것 같았어요. 들숨과 날숨을 반복하며 숲과 함께 살아 있는 생명체 같았죠. 어쩌 보면 숲에 난 기형적인 혹 같기도 하고, 숲의 폐 같기도 하고요.

"들어가자."

집을 바라보고 멍하니 굳어 있자, 아버지가 뚜벅뚜벅 먼저 걸어갔어요. 그제야 저도 어,어… 하며 뒤쫓아 갔죠.


집 안으로 들어가자, 아담한 외관과 달리 생각보다 넓었어요. 천장이 높고 창이 많아서 그렇게 보였던 걸 수도 있고요. 열댓 평 정도 될까요? 가구는 하나도 없고, 붙박이 서랍장이 두 칸 정도 있었어요. 과자 봉지를 멍하니 안고 서 있으니 아버지가 창문과 문을 다 닫고 다니셨어요. 금세 깜깜해졌죠.

"이리 와 봐."

아버지 부름에 주춤주춤 다가갔어요. 아버지는 바닥에 손을 대고 더듬더니 살짝 패인 홈에 손가락을 넣어 들어 올렸죠. 바닥과 연결된 지하 붙박이장이 나타났어요. 첩보 영화에서만 보던 거라 신기해서 입을 쩌억 벌렸죠. 아버지는 안에 있는 물건들을 설명해 주기 시작했어요. 어른 남자 한 명 정도는 안에 들어가서 웅크리고 자도 될 만큼 꽤 깊고 넓었는데, 그 안에 쌀, 생수, 휴지, 버너 같은 생필품들이 들어 있었어요. 많지는 않고 한 일주일 정도 먹을 분량이었을 거예요.

"밀렵꾼들이 만들어 놓고, 몰래 먹고 자고 하던 곳이야."

아버지 말에 저는 밀렵이 뭐냐고 물었죠. 아버지는 설명하려다가 손을 휘젓고는 넘어갔어요.

"저기 커다란 통에 물 받아 써. 물 있는 곳은 집 뒤로 돌아 오른쪽으로 조금만 올라가면 있어. 먹을 거는 이 안에 있으니깐 아껴서 먹어. 버너 사용할 줄 알지?"

아버지는 찬장에서 쌀이 반 정도 남은 쌀 포대를 올려놓은 뒤, 제 어깨를 감싸고 말했어요.

"여기서 조금만 기다려. 금방 데리러 올게. 아빠가 데리러 올 때까지 절대 나오면 안 된다. 숨바꼭질 알지? 오래오래 들키지 않고 숨어 있어야 살 수 있는 거야. 절대 누구한테도 들키면 안 된다. 무슨 일이 있어도…… 알았지?"

초점이 없던 아버지 눈동자에 순간 힘이 실렸어요. 내내 우리 아빠 같지 않아서 무서웠는데, 그제야 다정한 우리 아빠로 돌아온 것 같아 마음이 놓여 알겠다고, 고개를 끄덕였어요. 하지만 제 대답을 듣기도 전에 아버지는 다시 초점 없는 얼굴로 돌아와서 주위를 살피더니 문 쪽으로 걸어갔죠.

나가는 아버지를 바라보다가, 정말 날 두고 떠날 거라는 생각이 들자 얼른 쫓아갔어요. 제가 쫓아오는 걸 알자, 아버지는 문을 닫고 뛰듯이 걷더군요. 놀라서 허겁지겁 문을 열고 뛰쳐나오니 아버지는 벌써 숲 너머로 휘적휘적 걸어가고 있었어요. 제가 쫓아오지 않는지 몇 번 뒤돌아 확인하다가 더 이상 지체할 수 없다는 듯 뛰어가더군요.

차마 더 이상 쫓아가지 못했어요. 왜냐면… 아빠가 데리러 올 때까지 절대 나오면 안 된다는 말을 할 때. 그때, 아버지 눈빛이 너무 슬퍼 보였거든요. 약속이라고 생각했어요. 그 약속을 지켜야 아버지가 슬픈 눈을 하지 않을 거라는 생각이 들었어요.

그렇게 저는 숲속에 혼자 남겨진 거예요.


그날 밤 자려고 누웠는데, 당연히 잠이 안 와서 한참을 뒤척거렸죠. 천창 너머로 까만 밤하늘이 보였어요. 쏟아지는 별에 압도되는 것 같았죠. 간간이 새소리, 바람에 나부끼는 나뭇잎 소리, 그런 걸 듣고 있자니 외로워지더군요. 그래서 가방에 챙겨 온 인형을 꺼내 안았어요. 어린애들한테는 애착 인형이 있잖아요. 저한테도 그런 인형이 있었는데, 엄마가 생일 선물로 준 거였어요. 인형을 안고 있으니 엄마 생각이 더 간절해졌어요.

네? 아, 제가 엄마 얘기를 안 했군요. 저도 기억이 또렷해지면서 최근에 떠오른 거라……. 선생님 말씀이 맞는 것 같아요. 전, 불행한 사건에 대한 충격으로 의도적으로 옛 기억들을 망각하고 살아왔어요. 엄마에 대한 기억이 바로 대표적인 '망각'인 거죠. 제가 말끝을 흐리는 걸 보면 예상하시겠지요? 네. 엄마에 대한 기억은 다시 떠올리고 싶지 않을 만큼 괴로웠어요. 아니, 정확히는 엄마의 죽음이요.

아버지가 집에 안 들어오기 시작한 지 꽤 된 때였죠. 우리는 살던 아파트에서 달동네 단칸방으로 이사한 직후였고요. 엄마랑 저녁을 먹고 있는데 방문을 부수듯 열고 덩치 큰 남자 서넛이 들어왔어요. 어린 눈에 꼭 거대한 괴물처럼 보였죠. 남자들은 다짜고짜 밥상을 발로 걷어차고 엄마의 머리채를 휘어잡았어요.

"씨발년이 말로 해선 쳐 들어 먹질 않는구만! 니 서방 땜에 우리가 얼마나 좆뺑이 쳤는지 아냐!?"

남자들은 씹어뱉듯이 소리쳤어요. 전 겁에 질려 엄마 품에 얼굴을 묻은 채 숨도 쉬지 못했죠.

"몰라요! 어딨는지 모른단 말이에요!!!"

엄마 말에 남자들이 사정없이 발길질을 하기 시작했어요.

"니년이 모르면 누가 알어!!! 빨리 못 불어?!"

"살려 주세요!!"

엄마는 저를 꽉 껴안고 비명을 질러댔어요. 저도 품에 안겨 울기 시작했고요.

"야! 안 되겠다. 애새끼 데리고 가자!"

남자 하나가 엄마 품에서 저를 거칠게 떼어 냈어요.

"엄마아아아아!!!"

저는 발버둥을 치며 울부짖었죠.

"안 돼!!!"

순간 엄마가 저를 들쳐 멘 남자에게 달려들어 팔을 물어뜯었어요.

"으아악! 이 년이!!!"

엄마가 놓지 않자 남자는 엄마를 거세게 밀쳤죠. 순간 엄마 머리가 서랍 모서리에 부딪혔어요. 엄마는 그대로 주르륵 바닥에 미끄러졌고요.

"엄마아아아아!!!"

뛰어가 엄마를 부둥켜안고 흔들어 보았지만, 엄마는 깨어나지 못했죠.

그 숲 집에서 첫날 밤을 보내던 날, 끊임없이 엄마가 남자들 발에 차이고 서랍에 머리를 부딪혀 쓰러지던 순간이 슬로 모션처럼 되풀이되었어요. 그 장면을 반복해서 떠올리며 그런 생각을 했던 것 같아요.

'차라리 여기가 낫다고.'

그렇게 스스로를 위로하며 첫날 밤을 보냈죠.

아침이면 창을 통해 햇살이 어마어마하게 쏟아져요. 일어나지 않고는 눈이 부셔서 못 배길 정도로요. 새벽까지 뒤척이다가 겨우 잠깐 잠들었다 일어났죠. 비몽사몽한 채로 주위를 두리번거렸어요. 낯선 곳에서 혼자 눈을 뜨는 기분이 좋을 리가 없잖아요. 울적해져서 움직이지도 않고 멍하니 앉아 무릎에 고인 햇살만 바라봤어요. 그러다가 배에서 꼬르륵 소리가 하도 요란하게 나서 어쩔 수 없이 일어났죠.

음식이 있는 지하 찬장을 열었어요. 일단 쌀을 좀 꺼내고 코펠이랑 버너도 꺼냈죠. 엄마 아빠랑 캠핑을 자주 가서 사용법은 익숙했어요. 코펠에 쌀을 담고는 물을 찾으러 가야겠다 싶어서 밖으로 나왔어요.

밖에 나와 주위를 둘러봤어요. 새소리가 그렇게 크게 들리는 건 처음이었어요. 뭔들 처음이 아니었겠냐마는. 아무튼 귀에 손을 가져다 대고 새소리 사이로 물소리를 찾아 숲을 뛰어다녔어요. 물소리가 조금씩 가까워지는 곳으로 가자 바위틈으로 물이 졸졸 흘러내리는 작은 샘을 발견했죠. 물이 흘러내리는 곳에 코펠을 받쳐 두고는 샘물에 세수도 하고 발을 담그고 물장난도 쳤어요. 물을 보니 기분이 좋아지더군요.

나무둥치에 버너를 올려두고 밥을 했어요. 다 된 밥을 코펠째로 먹는데, 다람쥐 한 마리가 제 앞으로 뽀르르 달려왔어요. 귀여워서 고함을 지르며 쫓아갔죠. 다람쥐를 쫓아 여기저기 뛰어다니다 보니깐 답답했던 가슴이 뻥 뚫리는 것 같았어요.


심심할 때는 그림을 그렸어요. 스케치북을 세 개나 가져갔거든요. 구멍가게에서 산 과자를 먹으면서 인형을 모델 삼아 그리기도 하고, 숲에 나가서 나무랑 꽃을 그리기도 하고. 그리는 게 지겨워지면 땅바닥에 엎드려서 개미 행렬을 구경하며 놀았어요. 그것도 지겨워지면 샘에 가서 발장구를 치기도 하고, 혼자 땅따먹기도 하고, 다람쥐를 쫓아서 나무를 오르기도 하고…… 놀 거야 한정 없이 많았죠. 애들은 상상력이 뛰어나니까요. 처음에는 그렇게 무섭거나 심심하지 않았어요. 오히려 속이 탁 트이는 느낌이었달까요.

물론 마냥 좋지만은 않았죠. 다람쥐를 따라 나무에 오르다가 떨어져서 무릎이 까지거나 한 날에는 서러웠죠. 울어도 봐줄 사람이 없다는 걸 알고 민망해서 울음을 슬쩍 밀어낼 때는 뭐하는 짓인가 싶기도 했고요. 그럴 때마다 엄마 생각을 했어요. 맞아 죽은 엄마 생각요. 무릎에 난 상처쯤이야 아무렇지 않다고. 좁은 단칸방에서 언제 깡패들이 쳐들어올지 몰라 덜덜 떨며 자던 때랑 비교하면 오히려 숲은 안전하다는 생각이 들 정도였으니까요. 그런 생각을 하며 마음을 다잡았던 것 같아요.

숲에서 제일 좋아하는 놀이는 그냥 뛰어다니는 거였어요. 신나게 노래를 부르면서 옆구리에는 인형을 끼고 한 손에는 나무 꼬챙이 하나 들고 숲 여기저기를 뛰어다니는 거예요. 더우면 샘을 찾아서 한숨 돌리고. 꽃반지도 만들고. 메뚜기를 잡으려고 풀숲을 헤치기도 하고.

한날은 너무 멀리까지 갔다가 길을 잃어버린 적도 있어요. 정말 무서웠죠. 해가 지니깐 한 치 앞도 안 보이고, 경쾌하게 들렸던 새소리도 괴물 소리처럼 울리고. 겨우겨우 헤매다가 온몸이 흙투성이, 상처투성이가 되어서야 집을 찾아왔어요. 그제야 숲의 무서움을, 아이 혼자 거대한 숲에 남겨진 무서움을 알게 된 거죠. 길을 잃은 날 후로 한동안 집 주변 외에는 벗어나지 못했어요.

시간이 훌쩍훌쩍 지나더라고요. 3주쯤 지났을까요. 문제가 생겼죠. 먹을 게 떨어지기 시작한 거예요. 구멍가게에서 사 온 과자들은 진즉에 다 먹어 치웠고, 창고 안에 있던 쌀이며 라면도 얼마 남지 않았어요. 남은 과자 부스러기를 물에 불려 먹기도 하고, 라면 하나에 쌀 한 줌으로 사나흘을 때우기도 하면서 버텼어요. 생존에 직접적인 위협이 오자 덜컥 겁이 나더라고요.

내가 이 숲에 들어온 지 얼마나 되었을까. 좀처럼 모르겠더군요. 시간 감각이 없어지기 시작한 거예요. 도화지에 크레파스로 선을 그으며 며칠이 되었나 세기 시작했는데, 어느 순간부터는 그것도 하지 않았거든요. 머리도 덥수룩해지고 손톱도 길고. 그제야 깨달았죠. 아, 시간이 헤아릴 수 없이 흘렀구나.

그전까지 괜찮았던 건 아마 이 숲에서 머무는 시간이 얼마 되지 않을 거라 생각했기 때문이에요. 곧 아빠가 데리러 올 거라고. 며칠만 있으면 집으로 갈 거라고. 하지만 먹을 게 떨어지고 손가락으로 셀 수 없을 만큼 시간이 지나자 두려워지기 시작했죠. 어쩌면… 어쩌면. 이 시간이 꽤 오래 이어질지도 모르겠다. 아주 오랫동안 혼자일지도 모르겠다 하는 생각이 들자 무서웠어요. 아주, 많이.


도저히 참다못해서 한날은 숲을 나가려고 했어요. 숲 전체가 들으라는 양 큰 소리로 꽥꽥 소리를 질렀죠.

"나 이제 갈 거야! 갈 거라고!!"

선전포고를 끝낸 뒤에 가방을 메고 호기롭게 숲길을 나섰어요. 나뭇가지에 걸려 넘어지고 구르고. 눈물 콧물을 줄줄 흘리면서 산길을 내려갔는데, 좀처럼 길이 안 보이는 거예요. 올라올 때 바닥만 보거나 아버지 등만 보거나 했던 터라, 도저히 길을 못 찾겠더군요. 해가 지자 한 치 앞도 안 보이고 방향 감각은 완전히 상실하고. 그러다 까마귀가 푸드득 날아오르기라도 하면 기겁을 하고 뒤로 나자빠졌어요.

그렇게 몇 시간을 헤매는데 순간 이명처럼 아버지 목소리가 울렸죠.

"여기서 조금만 기다려. 금방 데리러 올게.
아빠가 데리러 올 때까지 여기서 절대 나오
면 안 된다. 무슨 일이 있어도…… 알았지?"

그 말이 마법의 주문처럼 들렸어요. 이 숲을 빠져나가면 절대 안 돼. 아빠가 올 때까지 날 데리러 올 때까지 버텨야 해. 지금 숨바꼭질 하는 거야. 아무한테도 들키면 안 돼. 반복하고 반복해서 마음을 다잡았죠. 결국엔 탈출하는 걸 포기하고 다시 숲 집으로 돌아갔어요.

그러다가 어느 밤인가, 사람들 소리가 들렸어요. 두세 명 정도. 검은 옷을 입은 사람들이었어요. 그런데요. 창밖으로 사람들이 오는 걸 보고 반가움이 아닌 공포심이 들더라구요.

'절대 들키면 안 돼. 누구한테도 들키면 안 돼.'

저는 그 사람들이 엄마를 죽인 그놈들이라고 생각했거든요. 검은 옷을 입고 덩치의 남자들이었으니깐 그땐 정말 그렇게 보였어요. 숨소리도 내지 않고 지하 창고 안에 숨었죠. 잠시 후에 그 사람들이 집에 들어왔어요.

"없네, 없어. 거짓말이잖아. 이런 데 애가 있을 리 없잖아. 그러게."

그런 말을 나누면서 한참을 손전등으로 집안 여기저기를 비췄어요. 바닥에 붙은 창고는 웬만해서는 밖에서 알아채지 못하는 구조라 남자들이 창고 뚜껑 위에 올라와 있어도 제가 숨어 있는지 알지 못했죠. 저는 동굴 속에 잠든 박쥐처럼 숨을 죽이고 남자들이 돌아갈 때까지 기다렸어요. 결국 그들은 저를 못 찾고 돌아갔어요. 속으로 쾌재를 불렀죠.

'안 들켰어. 아빠와 한 약속대로 누구한테도 들키지 않고. 내가 이겼어. 아빠한테 칭찬 들을 거야.'


병원에 와야 하나 말아야 하나 고민했어요. 많이 힘들었거든요.

기억이 떠오를수록 괴로워져서……. 선생님께 이야기하는 동안 다시 한 번 기억을 되새기는 시간들을 버틸 수 있을까. 자신이 없었어요. 지난 상담 이후로 집으로 돌아가서 한 마디도 하지 않았어요. 선명해지는 기억이 터져 나오는 감정을 따라가지 못해서 추스르기 바빴어요. 말을 해버리면 우르르 쏟아져 나올까 봐 입술도 못 떼겠더군요. 남편은 기어코 실어증까지 온 줄 알고 난리가 났었죠.

남편이 선생님을 꽤나 귀찮게 했던 것 같은데, 죄송해요. 또 민폐만 끼쳤네요. 선생님 전화를 받고 용기를 냈어요. 마무리는 지어야겠다 싶어서. 그래야 제가 살 수 있을 것 같기도 하고.

어디까지 얘기했었죠? 아…… 음식이 떨어지기 시작했다고. 네, 한 달 즈음 되자 먹을 게 완전히 떨어졌어요. 생라면을 조각조각 내어서 며칠씩 때우다가, 그것도 떨어지자 물만 마시고 버티는 날도 있었고. 나무에서 떨어진 열매 같은 걸 주워 먹기도 했고요. 꽃 같은 걸 따 먹기도 하고, 보드라운 풀 같은 걸 뜯어 먹기도 했죠. 사실 너무 굶다 보니 나중에는 감각이 없어지더라고요. 배가 고픈 줄도 몰랐어요. 대신 몸에 힘이 없어서 하루 종일 누워만 있었죠.

배고픔은 참아도 목마름은 참을 수 없어서 샘에 물을 마시러 갔어요. 허겁지겁 물을 들이켜고 고개를 드는데 샘물에 제 얼굴이 비치는 거예요. 화들짝 놀랐죠. 초췌한 얼굴에 머리는 더벅머리가 되어 있고 비참한 몰골이었어요. 세수를 해 봐도 굳은 때가 씻겨나가지도 않고요. 그냥 한참을 샘물에 비친 내 모습을 바라봤어요. 그러다가 하늘도 한 번 바라보고 나무도 보고… 정적만이 감돌더군요. 그리고 새삼 깨달았죠.

"나뿐이네."

그때 개미 한 마리가 손을 타고 올라왔어요. 개미를 따라 손을 내려다봤죠. 개미가 제 몸을 타고 손가락으로 팔로 발가락에서 발, 다리를 타고 올랐어요. 개미의 움직임을 따라 제 몸을 찬찬히 바라봤어요. 그리고 다시 주위를 둘러봤죠. 나무, 숲, 나무, 숲, 하늘, 하늘.

순간 밀려오는 적막과 공허함에 숨이 막혔어요. 이대로 가만히 있으면 숨이 막혀 죽을 것만 같아서 비명을 내질렀죠.

"으아아아아아아아아아아아아아아아아아아아아아아아아아아아아아아아악!!!!!!!!!!!"

목소리가 나오지 않을 때까지 소리를 지르고 질렀어요. 내가 여기 있다고. 이 숲에 혼자 있다고. 이 세상에 존재한다고. 누군가 듣기를 바라며 소리를 지르고 질렀어요.


죽을 고비를 넘기기도 했어요.

뭔가 먹을 게 없나 싶어 숲을 거니는데 누군가 나를 바라보는 시선이 느껴지는 거예요. 혹시 아빠가 왔나 싶어 반가워 돌아보는데,

지금도 선명해요. 원초적인 공포, 악의 없는 살기. 멧돼지였어요. 야생 멧돼지. 멧돼지와 눈이 마주치는 순간, 머릿속이 하얘지며 잠깐의 정적이 영겁처럼 길게 느껴지더군요.

뛰었어요. 멧돼지도 나를 쫓아 뛰고 넘어지면 다시 일어나 뛰고. 달리기가 빠른 편이 아니었는데, 그때는 살아야 한다는 생각에 초능력 같은 게 나왔나 봐요. 정말 앞만 보고 뛰었어요. 그러다가 발이 땅에 닿는 느낌이 없어서 어라 싶었는데, 그대로 절벽 밑으로 떨어졌어요. 다행히 그다지 높지 않은 절벽이어서 곧 정신을 차렸어요. 눈을 뜨니깐 절벽 위에서 멧돼지가 나를 찾아 킁킁거리고 있더라고요. 절벽에서 떨어졌을 때 팔 어디가 부러진 것 같았는데 그때는 살아야 한다는 생각에 신음 소리도 못 내고 버텼어요. 멧돼지가 사라진 후에야 겨우 막힌 숨을 뱉었죠. 비명을 지를 힘도 없이 눈물 콧물 삼키며 끅끅거리면서 일어났어요. 밤새 기다시피 해서 겨우 집으로 돌아왔죠.

선생님, 이거 보세요. 이쪽 팔이 살짝 짧죠. 태어날 때부터 그랬나 싶었는데, 생각해 보니 그때 다쳤을 때 치료를 못 해서 그런 거였어요. 이제 기억나네요.

어느 날은 버틸 수 없을 만큼 배가 고파서 숲으로 꽃이라도 뜯어 먹으려고 나섰어요. 먹을 만했던 꽃이나 나물도 안 보여서 물로만 배를 채우고 돌아서는데, 나무 밑동에 난 버섯을 발견했어요. 버섯을 함부로 먹으면 안 되는 걸 알고는 있었지만, 생김새도 평범하고 냄새도 특별하지 않아서 별 의심 없이 먹었거든요. 왜, 독버섯은 색도 모양도 화려하다고 배우잖아요. 학교에서. 근데 그 버섯은 정말 평범하게 생겼었어요. 버섯을 뜯어서 한입 먹고 맛도 괜찮아서 주위에 난 버섯을 죄다 뜯어 품에 안고 집으로 왔죠.

태어나서 그렇게 아픈 적은 처음이었어요. 몸속의 장기가 다 뒤틀리고, 열이 얼마나 오르는지 그 열기에 산 채로 삶기는 줄 알았어요. 먹은 게 없어서 게워낼 게 없는 데도 끊임없이 설사와 구토를 했어요. 나중에는 환청과 환영까지 들렸죠. 아빠가 나를 찾으러 오는 환영이었어요.

'괜찮니? 유신아, 정신 차려 봐. 아빠 왔어. 이제 집에 가자. 집에 가자. 우리 아가, 집에 가자.'

아픈 와중에도 그게 환영인 줄도 몰랐어요. 그저 반가워서 울며 아빠를 따라가려고 나섰어요. 말 안 듣는 몸을 겨우 일으키면 아빠의 환영이 사라지고, 지쳐 쓰러져 누우면 다시 문을 열고 아빠가 나를 데리러 왔어요. 밤새 그렇게 잔인한 희망 고문에 시달린 거죠.

사람은 희망으로 살잖아요. 지금의 상황이 나아질 것이다. 이 고통이 사라질 것이다. 좋은 날이 올 것이다. 그런 희망. 저도 희망이

있었거든요. 숲에서 혼자 외로움과 배고픔과 두려움을 이겨내면서 오로지 '희망'만을 믿고 버텼죠. 아버지가 나를 찾으러 온다는 그 '희망' 말이에요. 하지만 그날 밤 수없이 아버지가 나를 데리러 오는 환상에 시달리면서 저는 희망을 버리는 훈련을 한 것 같아요.

나중엔 그냥 자연스럽게 그런 생각이 들더군요.

'아, 아버지가 오지 않을지도 모르겠다.'

그렇게 생각하자 더 이상 환영을 봐도 놀라거나 환영을 따라나서려 하지 않았어요. 최후의 희망마저 허상이라는 걸 인정한 거죠.

그때였어요. 모든 걸 포기한 순간, 그 아이가 다가왔어요.

땀에 찌든 제 머리칼을 쓰다듬고 신음하는 얼굴을 가만히 어루만져 줬어요. 그리고 다정하게 말했죠.

"아프지 마… 괜찮아… 아프지 마. 내가 있잖아. 내가 있잖아……."

그날 이후 늘 그 '아이'와 함께였어요. 더 이상 외롭지 않았죠. 맞아요. 그 아이는 엘리베이터에 갇혔을 때 나타났던 바로 그 아이예요. 아이는 어릴 적 저와 똑같은 모습을 하고 있어요. 네, 바로 그 아이는 제 자신이기도 해요.

무슨 말을 하는지 이해가 되지 않으신다고요? 이해해요. 저도 제가 무슨 말을 하는 건지 이해할 수 없으니까요. 하지만 분명한 건 제가 모든 걸 내려놓았던 그날 밤, 숲에서 그 아이는 태어났어요. '태어났다'는 표현을 쓰는 게 어떨지 모르겠지만, 그 단어밖에 떠오르지 않네요. 그 숲에서 그 아이는 태어났어요. 아이는 저를 위해, 외로움과 두려움에 지쳐 모든 걸 포기하려던 순간 저를 구하기 위해 태어났어요.

아이가 나타난 이후로 저는 더 이상 외롭지도 슬프지도 무섭지도 않았어요. 숲을 걷다가 넘어져서 무릎에 시뻘건 생채기가 나도 아프지 않았어요. 이건, 기분이 그랬다는 게 아니라, 정말 아무런 감각이 느껴지지 않았어요. 심지어 더 이상 배가 고프지도 않았어요. 네, 그 아이가 나타난 이후로 저는 감정 자체를 느끼지 못하게 된 거예요. 대신 그 아이가 모든 걸 해 줬어요. 외로워하고, 슬퍼하고, 무서워하고 넘어지면 아파하고, 배고파하고. 제가 하기 싫고 느끼기 싫은 부정적인 감정을 그 아이가 대신 다 해 줬어요.

네, 모두 다요.


어느 순간부터 저는 하루의 대부분을 잠을 자며 보냈어요. 지금 생각하면 먹지 못해 탈진 상태였던 것 같아요. 제가 지쳐 쓰러져 있어도 그 아이가 일어나 저를 대신해 숲을 산책하고 다람쥐와 놀고 그림을 그리고 아버지를 기다리며, 제가 해야 할 일을 대신했어요. 저는 바닥에 볼을 붙인 채 누워 그저 분신이 저를 대신해 '생존'

하는 모습을 바라보기만 했죠.

무엇보다 좋았던 건 외롭지 않았다는 거예요. 저와 똑같이 생긴 아이가 늘 제 옆에 있어 줬으니까요. 끝이 없는 밤도, 적막도, 고통도 그 아이와 함께라면 두렵지 않았어요. 그때 저는 그 아이가 정말 저를 지켜주기 위해 하늘에서 온 천사라고 생각했어요. 분명 엄마가 하늘에서 제게 보내 준 거라고요.

그 아이에게 그동안 털어놓지 못했던 말들을 다 고백했어요. 사실은 너무 무섭다고, 사실은 너무 슬프다고. 아버지 사업이 부도나서 이사해야 했을 때부터, 엄마와 단둘이 귀신 소굴 같은 집에서 버텼던 날들도 엄마를 보냈던 그날 밤도. 아버지를 따라 이 숲에 왔던 것도 숲에서 혼자 살아남아야 했던 지난날들도. 어느 순간 어느 하나 슬프고 무섭지 않았던 적이 없었다고.

하지만 그걸 입 밖으로 내어 말해 버리면, 엄마가 아빠가 슬퍼할까 봐 나보다 더 슬퍼할까 봐 말하지 못했다고. 그냥 꾹꾹 참고 참고 참았다고. 그런 속 얘기들을 그 아이에게 다 털어놓았어요. 아이는 제 모든 이야기를 묵묵히 들어주고 어깨도 토닥여 주고 괜찮다고, 다 괜찮다고 꼭 안아줬어요. 제가 엄마에게 아빠에게 받고 싶었던 위로를 그 아이가 다 해 줬어요.

정말로 고마웠어요. 그 아이가 제 옆에 있어서 정말로 다행이라고. 그 아이와 함께라면 이 숲에서 언제까지고 아버지를 기다릴 수 있을 것 같다고. 그렇게 생각했어요.


끝은 어이없이 왔어요. 그날도 낮인지 밤인지 구분하지 못한 채
쓰러져 자고 있었어요. 아니요. 자고 있었던 건지, 탈진해 정신을
잃었던 건지. 정확하지 않아요. 그냥 끝없이 꿈을 꾸고 있었던 것
같아요.

문이 열리는 소리가 들렸죠. 그리고 등산복을 입은 중년 남자가
들어왔어요. 저는 또 환청인가 싶어 무시하고 계속 잠을 잤죠. 남자
는 주위를 살피며 집 안으로 들어오더니 저를 발견하고 소리를 질
렀어요.

"이봐!!! 여기 웬 애가 쓰러져 있어!!! 이봐! 들어와 봐!!!"

이어서 웅성거림이 들렸죠. 그리고 사람들이 몰려왔어요. 등산
복을 입은 남자가 제게 다가와 어깨를 두드렸어요. 순간 더 이상
환청이나 환상이 아니란 걸 깨달았죠. 곧장 남자가 저를 들쳐 업었
고, 사람들 손에 실려 집 밖으로 나갔어요.

다행이라고요? 아니요. 저는 마지막 안간힘을 다해 문틀을 잡고
버텼어요. 정신이 번쩍 들더라고요. 어, 안 되는데… 숨바꼭질은 누
구한테도 들키면 안 되는 건데…… 그러면 안 되는데. 아빠한테 혼
나는데. 두려움에 소리를 질렀어요.

"안 가! 못 가! 이거 놔!!!"

소리 지르고 악을 쓰고 발버둥 쳤죠. 이거 놓으라고. 가지 않겠다고. 가지 않겠다고. 네, 엘리베이터에 갇혔을 때 구조하러 온 사람들에게 소리를 질렀던 것과 같이요.

제가 발악하는 동안 그 아이는 말없이 저를 바라보고 있었어요. 사람들 손에 끌려 나갈 때도 그저 우두커니 서서 지켜보고만 있었죠. 문을 나서는 순간 마지막으로 그 아이와 눈이 마주쳤어요. 슬픈 눈빛이었어요. 그리고 작은 입술을 움직여 저에게 말을 했어요. 뭐라고 했는지 기억나느냐고요? 네. 아주 또렷하게 기억해요.


"나 버리고 가지 마."


해리성 인격장애요? 들어 봤어요. 드라마나 영화에 나오는 그런 거 말씀하시죠? 인격이 두 개 혹은 다수로 분리되었다라, 쉽게 말해 이중인격이라는 거네요. 그러니깐 그 아이가 저의 분리된 인격이라는 말씀이시구요. 인간이 극심한 스트레스 상황에 놓이면 본래의 인격이 무너지는 것을 방지하기 위해 또 다른 인격을 만들어 내는 거고. 새로 만들어진 인격이 흡수제처럼 부정적인 감정을 대신해 준다……. 선생님 말씀을 들으니 조금 이해가 될 듯 말 듯 하네요.

결국 그 아이는 오로지 저를 지켜주기 위해 태어난 거군요. 그런

아이를 저는 버려두고 왔고……. 네, 제가 그 아이를 혼자 두고 왔어요. 그 아이를 버렸어요. 그 숲에, 그 집에.

아, 아니에요. 알아요. 실재하는 존재가 아니라는 것도 저의 환상일 뿐이라는 것도 완전히 이해해요. 물론 머리로는요. 하지만 감정적으로는 정말 제 피붙이를 버리고 온 기분이 드는 걸요. 어딘가, 그러니깐 그 숲에 그 아이가 아직 그대로 저를 기다리고 있을 것만 같은 기분요. 과한 생각이라는 거, 망상이라는 거 알아요. 하지만 제가 그 아이를 찾지 않으면, 이 악몽이 끝나지 않을 것 같아요.

그래서 찾으러 가려고요. 그 숲으로, 그 집으로.


기차를 탔다.

이십여 년 전과 같은 구석 자리. 아버지가 그랬듯 창 커튼으로 얼굴을 반쯤 가리고 누가 쫓아오지 않을까 불안한 눈으로 창밖 풍경을 더듬었다. 꼭 내가 탄 기차가 이십 년 전 그때로 돌아가는 타임머신 같았다.

기억이 떠오르며 아버지에 대해 망각했던 부분들도 떠오르기 시작했다.

"왜 원망도 않는 게냐?"

어느 날 저녁 준비를 하던 내게 아버지가 물은 적이 있다. 당근을 썰다가 무슨 이야기인지 모르겠다는 눈빛으로 바라보았다.

"그때는 어쩔 수 없었다고 한다면…… 너무 늦은 변명이지?"

어리둥절한 얼굴로 무슨 말인지 되묻는 내게 아버지는 슬픈 눈빛으로 고개를 떨어뜨렸다.

"이게 니가 내린 벌이냐……?"

쇠구슬처럼 무겁게 떨어지는 말.

"미안하다."

저녁노을이 새어 들어오는 부엌, 말없이 아버지와 나는 서로를 응시했다. 하지만 아버지는 딸이 자신이 버림받았다는 기억을 '망각'했다는 사실을 알지 못했으리라.

내가 기억하지 못하는 시간 동안 아버지는 얼마나 많은 사과를 내게 했을까.

혹은 하지 않았을까.


모든 기억을 되살린 시점에 아버지가 긴 출장을 끝내고 돌아오면 물어야 할 것이 있다. 풀어야 할 숙제가 남아 있다. 왜 나를 그 깊고 깊은 숲속에 버렸는지, 찾으러 오지 않은 것인지.

의심과 불신과 원망을 반복하다 보니 기차가 종착지에 도착했다. 나는 기차역에서 내려 주위를 둘러보았다. 아버지와 함께 먹었던 역전 우동집이 그대로 남아있는 걸 보고, 반가운 마음에 들어갔다. 우동을 한 그릇 시켰지만, 서러운 마음이 솟구쳐 결국 한 젓가락도 뜨지 못하고 나왔다.

이른 아침이라 마을버스에는 승객이 나밖에 없었다. 예전처럼 제일 뒷좌석에 앉아 엉덩이가 아플 정도로 덜컹거리는 시골길을 거슬러 올라갔다. 창밖으로 보이는 풍경은 이십 년 전에 비해 많이 바뀌어 있었다. 논밭이 대부분이었던 풍경은 건물이나 인가가 제법 들어섰고 화장품 제조 공장도 생겼다. 하지만 버스가 숲을 파고 들어 갈수록 풍경은 신기할 정도로 예전 그대로였다.

삼십여 분을 달려 종점에 내렸다. 감회에 잠긴 탓에 버스가 먼지를 뿜으며 시야에서 사라질 때까지 움직이지 못했다. 구멍가게가 있던 자리는 간판이 땅에 떨어진 채 폐허가 되어 있었다.

숲으로 들어가는 입구에 '그린벨트 보호구역'이라고 적힌 이끼가 잔뜩 낀 안내판이 세워져 있었다. 호흡이 가빠 와 한쪽 팔로 안내판을 잡고 고개를 숙였다. 긴 잠수를 앞둔 잠수부처럼 깊게 숨을 마시고 호흡을 잠갔다.


숲길을 걸어갔다. 숲은 예전 그때보다 더욱 울창해진 듯했다. 나무 사이 격자무늬로 보이던 조각난 하늘도 그대로였다. 짙은 풀 내음과 낯선 새소리를 들으며 안으로 더 걸어 들어갔다. 없는 길을 애써 만들며 걸어 들어갈 때였다. 눈앞에 이십여 년 전 그때, 열 살 아이의 뒷모습이 보였다.

"아빠, 같이 가."

뒤꿈치가 까져 피가 흐르고 품에 안은 과자 봉지가 떨어져도 힘겹게 아버지를 따라 쫓던 그 발길들이 재생되었다. 나는 울음을 참으려 콧등에 힘을 주며 이십 년 전의 나를 뒤쫓았다.

"아빠, 어디까지 가는 거야?"

어린 내가 더 이상 못 가겠다는 듯 주저앉자, 나도 호흡을 진정시키며 이를 악물었다. 아이가 일어나 다시 걸어가자 나도 꾸역꾸역 그 발길을 쫓았다.

드디어 그곳에 도착했다. 이끼와 덩굴에 뒤덮여 형체를 제대로 알아볼 수가 없었다. 마치 거대한 괴물이 잡목을 엮어 만든 그물에 걸린 채 그대로 잠들어 버린 것도 같다. 그렇게 숲과 완전히 하나가 되어 버린 폐가 앞에 서 있다.

감정이 복받쳐 손으로 입을 막았다. 입을 막고, 겨우 한 걸음 한 걸음 나무 집으로 다가갔다. 손가락 사이로 윽윽, 하는 신음 소리가 새어 나왔다. 그때 발걸음을 멈췄다. 나무 집 문을 열고 그 아이가 나타났다. 아이는 헝클어진 머리와 때 묻은 티셔츠, 맨발. 예전 그 모습 그대로 오롯이 나무 집 앞에 서 있었다. 나의 고통과 슬픔과 외로움을 온전히 받아 주었던 그 모습 그대로였다.

말을 잇지 못하고 하염없이 눈물을 흘렸다. 물에 빠진 사람처럼 숨이 차고 머릿속이 암전되었다. 그런 나와 달리 아이는 평온한 표정으로 나지막이 말했다.

"왜 이제 왔어. 기다렸잖아……."

그 말에 나는 주저앉아 모든 걸 토해 내듯 울부짖었다.
미안해.
미안해.
미안해.

내 울부짖음에 새들이 멀리 조각난 하늘 사이로 푸드덕 날아갔
다.

이어리말

아이는 숨바꼭질을 좋아했습니다.

아기 때부터 숨바꼭질 놀이를 제일 좋아했어요. 커튼에도 숨고 부엌 서랍장에도 숨고 식탁 의자 밑에도 숨고. 절대 한 번에 찾으면 안 됩니다. 너무 쉽게 찾으면 실망해서 울어 버리거든요. 그래서 꼭 우리 유신이 어딨니? 하고 큰 소리로 찾는 시늉을 했습니다. 그러고 있으면 아이는 키득키득 웃지요. 그 소리를 따라 겨우겨우 찾았다는 표정으로 발견하면 아이는 꺄르르 돌고래 소리를 내며 품에 안기고는 했어요. 저는 정말 힘들게 찾아 안도한 표정으로 아이를 꼭 껴안아 줬습니다.

커서도 제일 좋아하는 놀이는 숨바꼭질이었어요. 하지만 아이가 자라자 숨는 곳도 점점 치밀해졌어요. 어느 날은 공원에 나갔다 아이를 정말 잃어버린 적이 있었습니다. 아이가 재활용 폐지 수거함에 숨어 있었는데 감쪽같이 숨어 버려서 제가 못 찾은 겁니다. 아이도 숨어 있다가 깜박 잠이 들었는지 시간이 지나도 나오지 않아, 이거 큰일이 났구나 싶었죠. 공원 경비소에 연락해서 관리인들까지 다 같이 공원을 이 잡듯이 뒤졌습니다. 얼마나 놀랐는지 애엄마는 울다 지쳐 과호흡까지 왔고요. 저라도 정신을 차리고 있어야 된다는 생각에 안간힘을 다해 버텼습니다. 결국 잠들었던 아이가 깨어나서 쓰레기통에서 기어 나오자, 무너지듯 주저앉았죠. 아이의 엉덩이를 때리면서 한참을 울었습니다. 아이도 당황해서 울고 저도 울고 애 엄마도 울고. 어두운 공원에서 그렇게 우리 가족은 한참을 부둥켜안고 울었답니다.

'그곳'에 아이를 데려갈 때도 숨바꼭질 놀이를 하는 거라고 생각했습니다. 아이가 숨고 제가 찾으러 가고. 아이는 숨어 있는 것을 좋아하니깐 괜찮을 거라고. 지금 생각하니 우습기 그지없네요. 숨바꼭질이라니……. 네, 제정신이 아니었어요. 그래서 그렇게 멍청한 짓을 했던 겁니다.


저는 세상천지 재미없는 놈입니다. 범생이 중의 범생이. 어릴 땐 착실히 공부만 했어요. 학교 끝나면 늘 지나던 골목길을 지나 집으로 돌아갔습니다. 옆길이나 뒷길로 돌아가면 세상 끝나는 줄 아는 타입이었죠. 무난하게 서울 중상위권 영문학과에 진학했고, 부전공은 경영. 졸업하고 곧장 외국계 은행에 취직했어요. 뭐 딱히 출중했다기보다, 우리 때는 경기가 좋아서 대학 나오면 서로 모셔가는 분위기였거든요. 아무튼 은행에 취업해, 주로 한국에 거주하는 외국인 사업가들을 맡았습니다. 대부분 VIP 손님들이었죠.

내심 손님들이 부러웠어요. 타지 생활하며 겁도 없이 살아가는 모습이 우물 안 개구리인 제 눈에는 그저 신기하고 부러워 보였습니다. 사람이 진취적이고 인생이 다이내믹해 보이고. 손님들이 한국에 오기 전 러시아에서 사업했다, 브라질에 있었다 그러면서 곧

잘 모험담을 들려주곤 했거든요. 한국 사업이 정착되면 다른 나라에도 도전해 볼 거다 그런 이야길 듣고 있으면 한 번 사는 인생 저렇게 살아 봐야 하지 않나 싶었어요. 사방이 파티션으로 꽉 막힌 사무실에 앉아 어제나 오늘이나 그게 그거인 일상에, 노상 죽치고 있는 제가 참 보잘것없이 느껴지더군요.

그때부터였습니다. 일탈을 꿈꾸기 시작했던 게.


친구 놈 중에 재호라고, 학교 다닐 적부터 사고만 치고 다니는 꼴통이 하나 있었습니다. 대학도 간당간당하니 지방 어디 무역학과를 들어갔는데, 집은 또 잘살아서. 잘사는 놈다운 여유가 있었어요. 욕을 먹어도 사고를 쳐도 기죽지 않는 당당함. 그런 패기는 태초부터 있는 놈들만이 가지는 특권이잖습니까. 저와는 딴판이었어요. 끝과 끝에 서 있는 인종이랄까요.

아무튼 그놈한테서 연락이 왔어요. 학교 다닐 때 키가 비슷해서 짝을 한 적이 있었는데 그렇다고 딱히 친하다고도 친하지 않다고도 할 수 없는 사이였습니다. 범생이랑 놈팽이 사이엔 마땅한 접점이 없었으니까요. 그러다가 우연히 군대서 만났습니다. 군대 동기니 말 다했죠. 그때 급격히 친해졌습니다.

제대하고 취직하고도 한 달에 한 번쯤은 꼬박꼬박 만났습니다. 늘 놈이 먼저 술 마시자고 껄떡댔죠. 제가 누구한테 먼저 연락하고 그런 주변머리가 없어서, 놈 딴에는 신경을 썼나봅니다. 아무튼 만나서 세상 사는 얘기 하다보면 시간이 훌쩍 갔어요. 주로 놈이 떠들고 저는 듣는 입장이었죠. 녀석이 얘기를 한 번 시작하면 저는 입을 쩌억 벌리고 들었습니다. 말주변도 워낙 좋고 무엇보다 딴 세상 얘기였거든요. 놈이 사업하는 얘기, 접대하는 얘기, 그런 거 듣다 보면 무슨 만화책에 나오는 해적 모험담을 듣는 것 같았어요. 반절은 허풍인 줄 알면서도 끄덕끄덕하며 듣게 되는 그런 게 있었어요. 한참 얘기를 듣다가 가끔 제가 은행 얘기를 하면 놈은 말이 끝나기도 전에 재미없어 죽겠다는 듯 손사래를 쳤어요. 그놈 눈에는 저 살고 있는 꼴이 답답시러웠겠죠.

그렇게 세월이 흘렀습니다. 저는 그사이 애 엄마랑 결혼하고 유신이도 태어나고 나름 정신없이 살았죠. 재호랑은 몇 년간 못 봤습니다. 이탈리아로 건너가 사업을 했다더군요. 그리고 삼사 년 만에 봤나. 귀국했다고 만나자고. 처음에는 못 알아봤습니다. 뭘 먹은 건지 덩치도 더 커져 있고 새카맣게 타서는 얼핏 보면 외국인 같았어요. 그간 어떻게 살았는지 대충 훑은 다음에 난데없이 동업 제안을 하더군요. 이탈리아에서 가구를 수입하는데 꽤 쏠쏠하니, 같이 해보자는 겁니다. 제가 영어도 되고 은행에서 외국인들 상대도 많이 했으니 여러모로 지랑 합이 맞을 거라고요. 솔깃했죠.

돈을 많이 벌겠다거나 출세하고 싶다거나 그런 욕심은 없었습

니다. 은행 월급만으로도 먹고 사는 걱정은 딱히 없었으니까요. 그
저…… 인생이 너무 평탄하다고 생각했습니다. 직장에서 자리도
잡고 결혼도 하고, 눈에 넣어도 안 아픈 딸내미도 가졌지만. 제 삶
엔 늘 뭔가가 부족한 것 같은……. 인생이 너무 단조로운 데서 오
는 허무함이랄까요. 스탠더드하게만 살다 보니 한 번쯤 엇나가고
싶다는 생각도 들었구요.

　그놈이 말을 능구렁이처럼 좀 잘했어야죠. 그렇습니다. 인생의
전환점을 만들고 싶었던 겁니다. 언제까지나 책상에 앉아서 내일
이 내년이 십 년 후가 예상되는 인생을 사는 데 지쳤던 거죠.

　네, 그땐 몰랐죠. 그 평온함이 얼마나 소중한 것인지.


　처음에는 괜찮았습니다. 녀석 말대로 꽤 쏠쏠했어요.

　강남 사모님들이 주 고객층이었습니다. 이태리 장인이 한 땀 한
땀 깎아 만든 가구라고 하니, 비싸게 부르면 부를수록 잘 팔렸습니
다. 경쟁하듯이 사 갔죠. 신이 나더군요. 월급쟁이 통장에 본 적도
없던 목돈이 턱턱 꽂히니 어깨춤이 절로 났습니다. 회사 그만 둔다
고 할 때 칠색 팔색 하던 애 엄마도 그제야 맘을 놓더라고요. 이렇
게 벌면 금방 재벌 되겠다 싶더군요. 그동안 바보같이 월급쟁이로
산 게 억울할 정도였으니까요.

　돈도 돈이지만 회사 다닐 때보다 시간도 자유롭게 쓸 수 있고,

눈치 볼 상사도 없으니 스트레스도 덜 받고. 여러모로 몸도 머리도 좀 말랑말랑해진달까요. 그 당시에는 이상한 자신감에 휩싸여서 안 입던 화려한 옷도 입게 되고 목소리도 커지고, 주위에서 눈빛도 달라졌다 그러고. 그랬어요. 맘이 여유로워지니 주말이면 가족들 데리고 여기저기 여행도 다니고, 대학원에 가서 다른 공부도 해 볼까 그런 계획도 짰습니다. 네, 좋은 시절이었죠.

늘 그렇듯 호시절은 얼마 못 갔습니다. 일이 터진 겁니다.

이탈리아에서 수입해 온다던 가구들이 알고 보니 죄다 중국산이었어요. 저희도 중간 업자들에게 사기를 당한 거라 손 쓸 수가 없었죠. 한 르포 프로에서 거침없이 때렸습니다. 그때가 우리나라 IMF 오기 전, 그러니깐 한창 버블 끼고 빈부격차 벌어질 즈음이라, 부자들에 대한 적대감이 스물스물 피어날 때였거든요. 허세 들린 부자 놈들이 멍청하게 사기 당한 꼴이 언론에선 씹기 좋은 먹잇감이었겠죠.

'고가에 팔리는 이탈리아 수입산 가구, 알고 보니 중국산.'

난리가 났지요. 반품 요청이 쇄도하고 예약되었던 주문이 모조리 취소되었습니다. 타격이 가장 컸던 건 경주의 한 신축 호텔에 일괄로 가구를 공급하기로 계약한 게 일이 터지고 파기가 된 거였죠. 저희는 이미 창고에 물건을 받아서 검수하고 있던 상태라 몽땅

악성 재고가 됐습니다. 그뿐일까요. 일은 일파만파로 커져 고객들에게서 줄고소가 이어졌습니다.

망하는 건 순식간이더군요. 정말 눈 깜짝할 사이였어요. 자고 일어나면 빚이 불어나 있었습니다. 얼떨떨했죠. 친구 놈이 막아보겠다고 동분서주하는 동안 저는 넋만 놓고 있었어요. 병신같이 말입니다. 그렇게 한 달쯤 일이 뭐 어떻게 돌아가는지도 모른 채, 넋 놓고 있다가 사채업자들이 찾아오기 시작하자 그제야 뭔가 어그러지긴 했구나 싶더군요. 친구가 그사이 사채를 써서 급한 불을 끄려 했던 거죠.

불을 끄기는커녕 기름 단지에 다이너마이트 폭탄을 터뜨린 꼴이 되었습니다.


혹시 시골이나 산에서 사는 야생 동물을 만나 본 적이 있습니까. 동물원이나 집에서 키우는 가축들 말고요. 정말 야생에서 생존하는 야생 동물 말입니다. 그 짐승들 눈빛을 보면 말 그대로 오금이 저릴 정도로 살벌해요. 불씨가 살아 있는 재를 똘똘 뭉친 것처럼 먹잇감을 놓치지 않겠다는 의지로 똘똘 뭉친 눈빛 말입니다. 바로 돈놀이 하는 놈들이 그런 눈을 가지고 있어요. 그 눈빛을 보는 순간, 본능적으로 깨달았습니다.

아, 내가 살아왔던 세상과 이제는 영영 끝이구나.

업자들이 찾아올 즈음, 재호와는 연락이 끊어졌습니다. 배신감을 느낄 사이도 없었지요. 놈들에게 시달리느라. 두어 달 사이 십오 킬로가 빠졌습니다.

일단 고향으로 도망쳤습니다. 하지만 놈들이 고향 본가에 먼저 와서 기다리고 있더군요. 그대로 차를 돌려 다시 대구고 부산이고 도망 다녔습니다. 대부분 차에서 생활했어요. 제가 도망 다니는 동안 애 엄마랑 딸아이도 놈들을 피해 이사를 갔지요.

안 되겠다 싶어 은행 동료들한테 도움을 구했습니다. 액수가 액수니만큼, 다들 기겁하고 물러섰어요. 까딱하다가는 자기들도 모가지 날아갈 수 있다면서. 하긴, 은행 일 하던 놈이 호기롭게 사표 내고 나갔다가 일 년도 못되어서 사채업자들에게 쫓기니 그 꼴이 얼마나 우스웠겠습니까. 나중에는 전화도 안 받읍디다.

비참했습니다. 하지만 자존심이고 뭐고, 일단은 살아야 했으니 동분서주 뛰어다녔죠. 마땅히 손 벌릴 데가 없었습니다. 고향에 계신 노모는 농사짓다가 치매로 병원에 계시고, 친척들 중에서도 그나마 형편이 나았던 게 저였으니까요. 돈을 구할 데가 없자 해 볼 수 있는 방법이라고는 그저 재호 집 주변을 어슬렁거리며 기다리는 것밖에 없었지요. 물론 헛수고였죠. 어디로 튄 건지 도깨비라도 되는 건지. 그놈 머리털 하나 찾을 수 없었으니까요.

결국 잘 먹지도 못하는 술을 진탕 마시고, 영화에서 보던 것처럼

어디 장기라도 팔러 갈까, 손모가지 걸고 도박판에라도 뛰어 들어
야 하나. 그러던 차에…….

그 아이를 보게 된 겁니다.


퇴근 시간과 하교 시간이 맞으면 딸아이를 데리러 가고는 했어
요. 그때 그 아이를 몇 번 본 적이 있었습니다.

"아빠, 쟤네 집 엄청 부자야. 저번 달에 생일 파티 했는데 자기네
식당에서. 무지 큰 식당이었어. 거기서 돈가스 먹었어. 치즈 돈가
스. 아빠, 치즈 돈가스 먹어 봤어?"

유신이가 그 아이 생일 파티에 초대받아 갔는데, 부모님이 큰 식
당을 하고 있었나 봅니다. 그런 이야기를 부러운 듯이 몇 번이나
했었어요. 유신이와 같은 피아노 학원에 다녀서 두어 번 학원까지
둘을 태워다 준 적도 있었고요.

유괴라니, 그런 생각은 절대 한 적 없습니다. 유괴라니요.

그냥 그 아이를 보는 순간, 그냥. 모르겠습니다. 지금도 제가 무
슨 생각으로 그 아이를 차에 태웠었는지……. 그저, 그저 제가 미쳤
었나 봅니다. 저도 제가 무슨 의도로 그 아이를 태웠던 건지 지금
껏 이해가 안 되니까요.

그 아이 이름이… 연우라고 했던가요. 정확하지는 않지만 그런
이름이었습니다. 아이는 별 의심 없이 차에 탔습니다. 딸아이는 그

동안 학교를 제대로 못 나가고 있었어요. 못난 아빠 때문에, 도망
다니느라 그랬지요. 학교에서는 몸이 아파 결석한다고 알고 있었
나 봅니다.

"유신이가 너 보고 싶대, 유신이가 너 기다려."

유신이가 아파서 학교를 못 가는데, 그래서 심심해한다고. 우리
집에 가서 유신이랑 좀 놀아줄 수 있냐고 했습니다. 그렇게 말하자
아이는 의심 없이 차에 올랐어요. 그렇게 무작정 아이를 차에 태우
고 목적도 없이 앞으로 달렸습니다. 앞으로, 앞으로⋯⋯.

동네에서 멀어지자 아이가 불안해하기 시작했어요.

"아저씨, 어디 가는 거예요? 아저씨, 유신이가 정말 나 기다려
요?"

아이가 재촉하자 누가 심장을 쥐어짜는 것처럼 숨이 막히더군
요. 내가 지금 무슨 짓을 하는 건지, 무슨 짓을 하려는 것인지. 아무
생각도 들지 않았습니다. 어느새 시가지를 벗어나 화학 공장 부지
로 선점된 공터를 가로지르고 있었어요. 그때 그 아이가 말했습니
다. 제 딴에는 불안감을 없애려는 것인지, 딱딱한 분위기를 풀려는
심사인지 오바스레 목소리를 띄우고는 밝게 말을 걸었지요. 차창
에 붙은 가족사진 열쇠고리를 보면서요.

"아저씨, 아저씨, 저기 앞에 걸린 사진 에이랜드 맞지요? 저도 다
음 주에 가요. 다음 주에 아빠랑 엄마랑 같이 가기로 했어요."

그 말에 눈앞에 작은 폭죽을 터트린 것처럼 시야가 환하게 터졌습니다. 정신이 번쩍 들더군요. 말하는 그 목소리가 꼭 우리 유신이 같았거든요. 곧장 차를 멈췄습니다. 그리고 아이에게 내리라고 했죠. 지갑에서 오천 원짜리 한 장을 꺼내 들려 줬어요. 아이는 돈을 손에 쥐고 무슨 상황인지 파악이 안 돼, 눈만 껌벅껌벅거리고 있었어요. 소리를 내질렀습니다.

"내려라! 지금 당장 내려라!"

소리를 치자 아이는 겁을 먹고 울먹였습니다. 그리고 문을 열고 차에서 내렸어요. 그러다가 발을 잘못 헛디뎌서 아이가 차체에 걸려 넘어졌죠. 그 바람에 어딘가에 긁혔는지 무릎을 잡고 아파했어요. 하지만 저는 모른 척 하고 시동을 걸어 냅다 내달렸습니다. 백미러 너머로 아이가 논밭 한가운데 멍하니 서 있는 걸 보면서 달렸습니다. 마음이 바뀌기 전에, 아이와 가능한 멀리 떨어져야 했거든요. 마치 맹수가 뒤쫓아 오는 것처럼 도망치고 또 도망쳤습니다.

그길로 와이프와 딸아이를 만나러 갔습니다.

못 본 지 석 달 정도 됐을 겁니다. 그런데 그날……. 네, 그날 아내가 죽었습니다. 물 좀 마실 수 있을까요. 목이 타네요. 담배 한 대만 피우고 와도 됩니까.

제가 집에 도착했을 때 사채 업체 놈들이 집을 난장판으로 만들고 있었습니다. 유신이가 우는 소리가 들리더군요. 바로 뛰쳐 들어가려 했지만, 그게 바로 놈들이 원하는 거라는 생각이 들었어요. 내가 잡히면 나도 와이프도 딸아이도 끝이다. 함께 죽는 거다. 잠시만, 아주 잠시만 버티고 있어. 그런 생각이었습니다. 그래서 다시 차에 돌아가 기다리고 있었던 겁니다. 놈들이 원하는 건 나지. 설마 식구들을 건드리겠어. 겁만 주다가 돌아갈 거다. 그렇게 두 팔로 무릎을 부여잡고 웅크린 채 합리화하고 또 합리화했습니다. 설마, 설마… 놈들이 와이프를 죽일 거라고는…….

하지만 놈들이 사라지고 새벽이 되어서 집에 들어갔을 때, 아내는 죽어 있었어요. 어떻게 죽은 건지, 왜 죽은 건지 자세한 정황은 알 수 없었지만. 한 가지는 확실했습니다. 놈들 손에 죽은 거라는 걸.

이성의 끈을 놓아 버렸습니다. 차갑게 식은 아내를 안고 한참을 울부짖었죠. 목소리도 나오지 않을 만큼 기진맥진한 뒤에야, 밤새지 어미 옆에서 울고 있었을 아이를 찾아 품에 안았습니다. 다행인지 불행인지 아이는 죽은 듯이 자고 있더군요. 충격이 컸는지 기절한 듯 아주 깊고 깊은 잠에 빠져 있었습니다. 잠든 아이를 품에 안고 다짐했어요.

그 뒤로는 끊어진 정신줄을 억지로 이어 붙여 몸을 움직였습니다. 아내의 주검을 병원에 데려가 사망 진단을 받고, 경찰 조사에 응하고, 아는 사람에게 부탁해 장례식장을 잡고……. 그 시간을 제가 어떻게 보냈는지 잘 기억이 안 납니다. 그냥 명령어를 입력한 로봇처럼 서류를 쓰고 서류를 내고 서류를 쓰고 서류를 내고.

경찰이요? 네, 조사해 본다고 하더군요. 하지만 이미 저는 천하가 공노할 사기꾼으로 낙인찍혀 있었기에 제 말을 믿어 주지도, 아니 오히려 적대적으로 대하더군요. 니가 그런 거 아니냐. 솔직히 말해라. 보험금을 노린 거냐. 온몸의 수분이 빠져나가는 것처럼 한참을 쥐어 짜였습니다. 세상에 아무도 내 편이 없다는 생각이 들더군요. 어느 순간에는 그 누구도 믿어서는 안 된다고, 아니 어쩌면 경찰까지 놈들과 한패일지도 모른다고 의심했습니다.

겨우겨우 아내의 장례식을 치를 수 있게 되었을 때였습니다. 식장에 내려와 보니, 장례식장 앞에 놈들이 진을 치고 있더군요.

아닙니다. 지금 생각하니 놈들이 아닐지도 모른다는 생각이 드네요. 장례식장이란 곳이 원래 온통 시커먼 옷을 입은 사람들이 가득하니. 그저 조문객들이었을 수도 있지요. 네, 그때 저는 환각에 시달리고 있었던 것 같습니다. 놈들이 항상 제 주위를 쫓아다니며 저를 옭아매고 있는 압박에요. 그것이 진짜 놈들이었든 아니든. 장례식장도 안전한 곳이 아니라고 생각했습니다. 머리를 굴리고 굴렸죠. 어떻게 하면 아이를 지킬 수 있을지. 순간 숨바꼭질이란 단어가 생각나더군요.

네, 숨바꼭질이요. 꼭꼭 숨어서 들키지 않는 그 게임 말입니다.

새벽이 되어 놈들 모습이 보이지 않는 틈을 타 아이를 깨웠어요. 울다 지쳐 제 어미 영정 사진 앞에서 잠든 아이에게 말했지요.

"가자, 아빠랑."

아이는 눈만 꿈벅꿈벅거리며 무슨 소리냐는 듯 바라보더군요. 엄마가 죽을 때는 어디 있다가 이제 와서 어딜 가자는 건지, 책망하는 듯한 아이의 눈을 바로 보기가 힘들었습니다.

은행에 다닐 때 직원들과 등산을 자주 갔습니다. 그때 알게 된 사람인데, 야생 동물 보호 구역에서 VVIP들을 대동해 야생 동물 사냥을 하는 업자였습니다. 물론 불법이었죠. 하지만 돈이 차고 넘치는 작자들은 남들이 하지 못하는 금기의 영역. 뭐 그런 일에 더 돈을 쓰려고 하는 법이니까요.

아무튼 불법 사냥꾼들이 사냥을 하다가 쉬거나 밥을 해 먹고 가는 숲속 별장에 간 적이 있습니다. 성수기에는 주말마다 북적일 정도였는데, 제가 퇴직할 즈음 불법 사냥을 하는 게 걸려서 관련자들은 구속되고 그 별장은 그대로 폐가가 되었다고 들었어요.

그곳이면 '숨바꼭질'하기에, 적당하다고 생각했습니다.


그곳에 가기 위해 기차를 타고 다시 버스를 타고 굽이굽이 찾아
갔습니다. 숲에 들어가기 전 쓰러질 듯한 구멍가게에서 아이에게
먹을 것을 사게 했지요. 유신이는 소풍이라도 가는 줄 알고 신나서
과자며 사탕이며 담더군요. 들뜬 아이와 함께 숲길을 다시 파고들
기 시작했습니다.

숲에 도착하자 다행히 집은 철거되지 않은 채 남아 있더군요. 사
람들의 발길은 완전히 끊어졌는지 수풀이 우거져 밀림 같았습니
다. 수풀을 헤치고 아이와 함께 집으로 들어갔습니다. 문을 열자 허
름한 외관과 달리 안은 생각보다 보존이 잘 되어 있더군요. 거미줄
투성이에 먼지가 쌓여 있기는 했지만 그런대로 지낼 수는 있을 것
같았습니다. 하지만 무허가 건물이라 전기와 수도는 끊어진 지 오
래였죠.

바닥과 연결된 비밀 창고를 열자, 정리를 못 하고 빠졌는지 사냥
꾼들이 비상식량으로 구비해 둔 라면과 쌀 등이 있었습니다. 상태
를 보니 아직은 먹을 만하더군요. 숲 앞 구멍가게에서 사 온 음식
과 비상 식품들을 채워 두고 아이에게 화장실 쓰는 법과 물 구하는
방법을 일러주었습니다. 아이는 숲에 들어온 순간부터 무언가에

홀린 듯 넋이 나가 있었어요.

"유신아, 아빠 말 잘 들어. 지금부터 숨바꼭질을 하는 거야. 꼭꼭 숨어라. 머리카락 보인다. 꼭꼭 숨어라. 머리카락 보인다. 아빠가 올 때까지 절대로 들키면 안 돼. 알았지?"

아이에게 주문을 걸었습니다. 유신이는 아빠 말이라면 잘 듣는 착한 아이였으니까요. 아이의 작은 손가락에 제 손가락을 걸고 약속했습니다. 찾으러 올 때까지 누구에게도 들키지 않고 꼭꼭, 아주 꼭꼭 잘 숨어 있기로요.

곧 찾으러 올 거야. 아이에게 말을 하고 돌아설 때, 가슴이 찢어질 것 같았죠. 아이의 얼굴을 보면 떠나지 못 할까 봐 뒤 한 번 돌아보지 않았습니다. 놈들로부터 아이를 지킬 수 있는 안전한 장소를 찾을 때까지 삼사일, 길어 봤자 일주일이 넘지 않을 거라고. 곧 돌아올 테니, 어쩔 수 없다고. 유신이를 지키려면 이게 최선이라고. 그렇게 합리화하며 아이를 그 숲에 남겨두고 떠났습니다.

그길로 놈들 사무실로 쳐들어갔어요. 어디서 도끼 하나를 구해 가지고요. 죽일 생각이었습니다. 내 아내를 죽였으니 놈들도 죽어야 마땅하니까요. 이성을 놓으니 어디서 생긴 건지 괴력이 나오더군요. 그대로 쳐들어가 앞도 안 보고 도끼를 휘둘러 한 놈 팔을 썰어 냈습니다. 이놈이 제정신이 아니다 싶은지, 아니면 지들도 사람 죽이고 온 게 켕겼는지 한 발 물러서더군요. 그러거나 말거나 도끼를 휘두르며 다 죽자고 니놈들도 죽고 나도 죽자며 발광을 했습니다.

하지만 곧 제압당하고 저는 다시 일어서지 못할 정도로 얻어맞았죠. 놈들이 그러더군요. 이 판에서 사람 한둘 죽이는 거 일도 아니라고. 사람 죽이고 깜방 들어가 봤자 훈장이면 훈장이지 흠도 아니라고.

그리고 지껄이더군요. 돈을 안 갚으면 남은 애새끼 하나도 다신 못 만나게 할 거라고. 아이를 건드리겠다는 소리를 듣는 순간, 팽팽하던 끈이 뚝 끊어지는 느낌이 들었습니다. 박차고 일어나 그대로 앞에 서 있던 덩치의 턱을 머리통으로 갈겼습니다. 으득- 하고 이빨 갈리는 소리가 나더군요. 돌발 공격에 놈들이 괴성을 지르며 덤벼들었습니다. 저는 둔탁한 무언가에 뒤통수를 얻어맞고 그대로 정신을 잃었지요.

아무도 모르는 아이

눈을 떴을 때는 창고에 갇혀 있었습니다. 어쩌나 얻어맞았는지 몸이 말을 듣지 않았어요. 엉덩뼈가 으깨진 느낌에 제대로 일어나 앉을 수도 없는 상태였지요. 시간이 얼마나 흘렀나 감이 오지 않았습니다.

유신이, 우리 유신이 얼굴이 떠오르더군요. 소리를 질렀어요. 유신아, 유신아! 하고 무작정 유신이의 이름을 불렀습니다. 그때 창고 문이 열리고 놈들이 들어왔어요. 그리고 빽- 하는 소리에 다시 정신을 잃었습니다.

그렇게 정신을 차리면 얻어맞고 정신을 차리면 얻어맞고의 반복이었습니다. 그 창고에서 며칠이나 갇혀 있었던 걸까요. 지금 생각하니 2주? 3주 정도 갇혀 있었던 것 같습니다. 그리고 눈을 떴을 때는 논두렁 진창에 처박혀 있었어요. 놈들이 진창에 생매장하다시피 갖다 버린 것이지요. 지금 생각하니 돈을 구해 오라고, 재호 놈을 잡아오라고 미끼로 풀어준 것도 같네요.

숨이 깔딱깔딱 넘어가기 전 진창에서 겨우 빠져나왔습니다. 그리고 도로변으로 걸어 나와 고속도로를 따라 걸었지요. 행색이 괴상하니 아무도 차를 태워 주지 않더군요. 어쩔 수 없이 밤새 검은 고속도로를 걷고 또 걸었습니다. 끝없이 이어지는 검은 터널 속으로 남은 생명이 빨려 들어가는 느낌이었어요. 터널에서는 두어 번 쓰러져 정신을 잃기도 했습니다.

매캐한 먼지를 먹으며 꿈을 꿨습니다. 유신이를 데리러 숲으로 가는 꿈을. 꿈속에서 숲속에 도착해 유신이를 만나 으스러질 듯 아이를 품에 안았습니다. 그리고 아이의 손을 잡고 집으로 갔지요. 집에 가면 우리를 기다리던 아내가 왜 이제 왔냐고 타박하며 맞이했습니다. 세 식구는 예전 그때처럼 따뜻한 집에서 따뜻한 밥을 먹으며 그렇게 별 탈 없이, 소소하게 일상을 살아갔어요.

그 다디단 꿈에서 깨면, 눈 앞을 자동차 헤드라이트 불빛이 아리듯 비췄습니다. 그러면 아, 이게 현실이구나 싶어 무릎을 잡고 일어나 다시 걷기를 반복했지요. 반복해서 그렇게 몇 날 며칠을 걷다보면 어느 순간 유신이가 있는 숲에 도착할 것만 같았습니다.


걸어서는 절대 숲에 갈 수 없다는 걸 사흘째 되던 날 깨달았습니다. 길에 떨어진 동전을 주워 지인에게 전화를 걸었어요. 나 좀 데리러 와 달라고. 유신이를 데리러 가야 하니 나 좀 데리러 와 달라고. 지인은 알겠다고 하고 전화를 끊었습니다. 하지만 한 시간 뒤 도착한 것은 지인의 차가 아닌 경찰차였지요.

저는 그대로 경찰차에 태워져 수갑을 차고 취조실로 끌려갔습니다. 이건 또 무슨 상황인지 판단할 겨를조차 없었습니다. 처음에는 놈들이 위장을 하고 나를 잡으러 온 줄 알았어요. 그래서 도망을 쳤지요. 제가 도망을 치니 경찰들은 사력을 다해 쫓아오더군요.

그때 도망치지 않고 침착하게 자초지종을 설명했다면 상황이 달라졌을까요…….

사람들은 제가 유괴범이라고 했습니다. 아니 정확히 말하자면 유괴 용의자라 하더군요. 도대체 무슨 소리인지 이해가 가지 않았습니다. 저를 이해시켜 달라고 말을 해도, 경찰들은 그저 윽박지르기만 할 뿐이었어요. 그 윽박 속에서 몇 단어가 반복되었습니다.

'사라진 아이. 사진. 음성 파일. 목격자. 혈흔.'

며칠 동안 취조실에 갇혀서 반복되는 질문에 답하는 과정에서 그 단어들이 서서히 문장으로 연결되기 시작하더군요. 아이가 실종되었고, 유괴범으로 추정되는 사람에게서 아이의 모습과 음성이 담긴 사진이 오고 있다. 그 아이가 내 차에 타는 걸 본 목격자가 나왔고, 차에서 아이의 혈흔이 발견되었다. 제가, 문장 속의 '아이'가 유신이의 친구. 그러니깐 제 차에 태웠던 그 아이를 연우라고 연결시키기까지는 많은 시간이 걸렸습니다. 그 아이가 없어졌다니요. 유괴되었다니요. 마치 무성 영화 속 장면처럼 머릿속에서 이미지가 흐릿하게 뭉치고 흩어졌습니다. 좀처럼 이게 무슨 상황인지 맥락을 잡을 수가 없었지요.

아이의 유괴 사건은 오리무중에 난항을 겪고 있다 했습니다. 제가 아이를 차에 태웠다는 걸 봤다는 슈퍼마켓 주인의 증언과 무엇보다 아이의 혈흔이 발견된 것으로 거의 확정적이다시피 범인으로 몰렸습니다. 제가 놈들의 은신처에 찾아가 얻어맞고 감금되어 있는 사이 저는 유력한 용의자로 신문, 라디오, 텔레비전. 대한민국 매체란 매체에는 죄다 오르내리며 수배되었다고 하더군요.

이 모든 게 영화도 드라마도 만화도 아닌, 실제라는 사실에 현실 감이 들지 않았습니다. 저는 그저 아닙니다. 모릅니다. 제가 아닙니다, 를 기계처럼 반복할 뿐이었어요. 하지만 저의 남루한 행색과 회사가 부도나고 사채업자에 쫓기는 상황과, 갑작스런 아내의 죽음, 아이가 사라짐과 동시에 저마저 사라졌던 시간들, 그리고 경찰이 찾아왔을 때 황급히 도망쳤던 정황들은 제가 생각해도 의심스럽기 그지없는 상황이었어요. 저라도 제가 그 아이의 유괴범이라고 생각했을 것 같으니까요.


강도 높은 취조 과정에서 저는 순간 제가 그 아이를 유괴했던 것이 아닐까, 하는 착각도 들었습니다. 사실은 내가 그날 나쁜 마음을 먹고 실행에 옮겨 아이를 어딘가에 숨겨 둔 건 아닐까. 유신이처럼 아이를 숨겨 두고 그대로 잊어버린 것은 아닐까. 죄책감에 아이를 납치했다는 자체를 망각해 버린 건 아닐까. 혹은 놈들에게 얻어터질 때 뇌 어딘가가 잘못되어 기억을 못 하고 있는 건 아닐까, 하고 스스로를 의심하고 또 의심했습니다.

몇 날 며칠을 고문에 가까운 폭언과 취조를 당하다 기절하다시 피 잠이 들면 또다시 꿈을 꾸었습니다. 내가 아이를 납치해 논두렁에 끌고 가 아이의 목을 조르는 꿈이요. 아이의 숨통이 넘어가 새파랗게 얼굴이 질릴 때 즈음 아이의 얼굴이 우리 유신이로 바뀌었지요. 그러면 비명과 함께 잠에서 깼습니다. 그리고 다시 꿈을 꿀까 겁이 나서 밤새도록 울면서 밤을 보냈지요. 그렇게 거의 자지도 먹지도 못하며 취조 받는 날들이 이어졌습니다.

유괴 사건에 대한 관심과 사건의 심각성 때문에 오랫동안 갇혀 있어야 했습니다. 제 차에서 결정적인 증거인 혈흔이 나온 이상 경찰에서도 저를 마음대로 풀어줄 수 없었습니다. 게다가 온 국민의 관심을 받고 있는데 아이는 돌아오지 않고, 사건은 해결될 기미가 보이지 않던 막다른 골목에서 제가 잡혔으니…… 모두가 한마음으로 저를 유괴범으로 찍어 두고 수사를 하는 분위기였지요.

시간이 흐를수록 불안해졌습니다. 우리 아이, 유신이가 숲에 혼자 있는데, 데리러 가야 하는데… 유신이가 숲에 있는데, 아이를 데리러 가야 하는데. 나중에는 잠을 제대로 못 잔 탓인지 깨어 있을 때도 환각이 보였습니다. 우리 유신이가 취조실 한구석에서 울고 있었어요. 추위에, 배고픔에, 공포에 혼자 울고 있는 유신이가 나타났다 사라지고는 했습니다.

물론 아이가 혼자 숲에 있다고, 데리러 가야 한다고 풀어 달라 애원했었지요. 경찰 측에서는 유괴당한 아이를 말하는 건 줄 알고, 제가 이야기한 숲에 인력을 투입했던 모양입니다. 하지만 이상하게도 그 숲에는 아무도 없었다고 했습니다. 이해가 가지 않았어요. 숲속 집의 위치를 잘못 얘기한 것인가 싶어 몇 번을 다시 말했습니다. 하지만 그 숲에는 아무도 없다고. 제가 수사에 혼선을 일으키기 위해 거짓말을 하는 거라 몰아붙였습니다.

유신이는 어떻게 된 걸까, 왜 그 숲에 없는 걸까. 혹시, 혹시나… 하는 망상들이 꼬리에 꼬리를 물고 이어졌습니다. 무서웠어요. 제가 잡혀 있는 사이 딸아이가 잘못된 건 아닐까, 벌써 놈들이 숲속 집에서 유신이를 찾아낸 것은 아닐까. 두렵고 두려워 숨조차 제대로 쉴 수가 없었습니다.

나중에는 이성을 잃고 발악하다시피 발버둥 쳤습니다. 그 과정에서 형사와 몸싸움을 벌이기도 했습니다. 엎친 데 덮친 격으로 공무 집행 방해에 폭행죄가 덧씌워져, 제가 풀려나지 못하는 명목이 더해졌지요. 하지만 시간이 지날수록 저를 잡아둘 수 있는 명분도 점점 없어졌습니다. 왜냐하면 제가 감금되어 있는 사이에도 유괴범으로부터 아이의 상태가 담긴 사진과 음성 파일이 계속해서 배달되고 있었던 모양이거든요. 저에게 공범 여부를 물으며 압박해 왔지만, 저의 대답은 그저 '모른다.'였습니다.

숲에 있는 유신이에 대한 걱정에 그야말로 미치기 일보 직전이었습니다. 문을 뚫고 탈출이라도 해야겠다고 마음먹은 차에, 아이가 돌아왔습니다. 유신이가요? 아닙니다. 유신이가 아닌, 유괴당했던 아이가 돌아온 것이지요. 네, 연우라는 그 아이요. 유괴당한 지 49일 만이라고 했습니다.

아이가 돌아오자 저는 증거 불충분으로 풀려날 수 있었습니다. 그길로 절 취조했던 담당 형사에게 택시비를 빌려 곧장 숲으로 갔지요. 숲에 도착하자마자 정신이 나간 사람처럼 도중에 신발이 벗겨지는지도 모르고 내달렸습니다. 내내 제대로 먹지 못하고 자지도 못한 탓에 체력이라고 할 게 남아 있지 않았습니다. 숲에 도착해서는 거의 기어서 그 집까지 갔지요. 숲을 떠날 때 길어야 일주일 정도라고 생각했던 시간이, 생각지도 못하게 두 달 가까이가 지났습니다.

"유신아! 유신아! 아빠 왔어! 유신아!!"

목이 찢어져라 아이를 불렀지요. 하지만 대답이 없었습니다. 집 안에 들어가도 아이의 흔적이 없었어요. 누군가 와서 멀끔하게 치워 놓은 듯 텅 비어 있었습니다. 미친놈처럼 숲을 돌아다녀도 유신이는 보이지 않았어요. 저는 숲의 악령이라도 나와 아이를 집어삼킨 줄만 알았습니다.

"유신아! 유신아!! 아빠 왔어! 유신아!!!"

목소리가 나오지 않을 때까지 아이를 불렀습니다. 그러다 저도
모르게 과호흡이 와서 쓰러졌지요. 헐떡이고 있는데 누군가 제 어
깨를 잡았습니다. 귀신이라도 본 듯 화들짝 놀라 뒤를 돌아봤지요.
등산객으로 보이는 한 남자가 서 있었어요. 얼굴이 눈에 익었습니
다. 등산 동아리 당시에 몇 번 본 적이 있는 양반이었어요. 남자는
쓰러져 있는 저를 의아한 눈으로 보더니 무슨 일로 왔냐고 묻더군
요.

아이를, 아이를 찾으러 왔다고 했습니다. 남자는 제 말에 잠시
생각하더니 미간을 찡그리며 말하더군요.

"얼마 전에 이 집에서 굶어 죽은 아이가 발견됐었다."라고요.


죽으러 갔습니다.

살아야 할 이유가 없잖습니까. 숲속을 밤새도록 걸어 다니며 어
떻게 하면 잘 죽을 수 있을까. 고민했습니다. 그때까지 살아 보려
버티고 있던 제 자신이 구차하게 느껴지더군요. 애 엄마가 갔을 때
바로 따라 죽어 버렸어야지, 무슨 염치로 목숨을 구걸하고 있었던
것인지 토악질이 올라왔습니다. 발에 피가 나고 진물이 터지는 줄
도 모르고 검은 숲을 걷고 걸었습니다. 아이의 모습이, 딸 유신이의
모습이 아른거렸어요. 혼자 이 숲을 헤매고 다녔을 아이의 모습을

쫓다 보니 어느 절벽에 다다라 있더군요. 발밑으로 끝이 없는 검은 구덩이가 휘몰아치고 있었습니다.

눈을 감자.

앞으로 쓰러지자.

다시 눈을 뜨면 아내에게, 유신이에게 갈 수 있다. 두려움도 없었습니다. 무섭지도 않았고 아쉬울 것도 없었지요. 아니 한시라도 빨리 가족에게 가고 싶었습니다. 외로웠어요. 혼자 남겨졌다는 사실이 너무 외로웠습니다. 빨리 아내가, 유신이가 있는 곳으로 가서 쉬고 싶었습니다. 지쳤거든요. 몇 달 사이 제게 일어난 일들 때문에 너무 지쳤습니다. 그래서 어서 빨리 쉬고 싶었습니다.

몸의 중심을 앞으로 숙이자 흙더미가 발밑으로 우스스 부서져 내리더군요. 롤러코스터의 정점에서 바닥으로 내리꽂힐 때처럼 내장이 중력을 잃고 덜컹거렸습니다. 그때였습니다. 누군가 저를 부르는 소리가 들렸어요. 저에게 아이의 죽음을 알렸던 그 남자였어요. 남자는 다급하게 뛰어와 저의 팔을 붙잡고 말했습니다.

'죽은 줄 알았던 아이가 살아서 고아원에 맡겨졌다고 하니, 어서 가 보라.'고요.

반나절 만에 아이의 생사가 뒤바뀌니 세상이 거대한 농담처럼 보이더군요.

숲속 집에 쓰러져 있던 아이는 구조된 뒤 보호자를 찾지 못해 인근의 아동 보호 시설에 맡겨졌던 모양입니다. 아이가 있다는 보호소의 주소를 받아 곧장 달려갔지요. 아이를 버린 아비라고 돌팔매질이라도 받을까 봐 관계자들의 눈을 피해 조심히 아이를 찾았습니다.

마침내 보호소 마당 한편에 앉아 있는 유신이를 보았지요. 처음에는 아이를 알아보지 못했습니다. 뼈밖에 남지 않은 몸에 푸석하게 엉킨 머리, 얼룩덜룩해진 피부와 그리고 무엇보다 아이에게 표정이. 눈빛이……

그 아이가 우리 딸 유신이라고 믿을 수가 없었습니다. 아이의 눈빛에 아무것도 담겨 있지 않았어요. 깊고 깊은 허무. 저는, 사람의 눈동자가 그렇게 텅 비어 버릴 수가 있구나 란 걸, 처음 알았습니다. 숲에서 무슨 일이 있었던 것인지 알 수는 없지만, 아이의 얼굴을 바라보는 순간 파노라마처럼 그간의 일들을 예측할 수 있었습니다. 아이가 느꼈을 공포와 외로움과 배고픔과 두려움과 배신감과 원망과 분노와 체념과 허무와. 그 모든 감정에 지치고 지쳐 결국에는 텅 비어 버린 아이의 내면이 까발린 듯이 보였습니다.

눈물이 멈추지 않았어요. 다리가 후들거려 제대로 서 있을 수도 없었습니다. 힘겹게 발을 떼어 아이에게 다가가려는 순간 아이와 눈이 마주쳤습니다. 네, 유신이는 분명 저를 똑바로 바라보았어요.

그런데 무슨 일인지 아이는 저를 알아보지 못하고 멍한 눈으로 바라보다가 다시 허공으로 시선을 거둘 뿐이었습니다. 그 찰나의 순간에 저는 절벽 끝에 서 있을 때에도 느끼지 못했던 공포를 느꼈습니다.

아, 내 아이가 망가졌구나.
내 아이가 나 때문에 망가졌구나.
내 아이가 텅텅 비어 버렸구나.

헤아릴 수 없는 죄책감과 두려움에 뒷걸음질 쳤습니다. 네, 도망친 겁니다. 제가 저지른 상황을 견딜 수 없어 도망쳤어요. 변명의 여지가 없습니다. 전 세상에서 제일 비겁한, 아버지라고 불릴 자격도 없는 천하의 쓰레기입니다.

합리화를 시작했습니다. 내가 도망친 이유에 대해서 있는 힘을 다해 합리화했지요. 지금 상황에서 아이의 인생에 나는 걸림돌밖에 되지 않는다. 내가 있으면 아이는 다시 놈들에게 쫓길 것이고 언제 어느 때고 죽을 수 있는 위험에 처한다. 아이에게 나는 독과 같다. 나는 아이의 곁에 있어서는 안 된다라고, 스스로에게 주문을 걸고 합리화했습니다.

몇 날 며칠을 술에 절어 내가 아이에게 가면 안 되는 이유를 백 가지 천 가지를 만들었습니다. 그렇게 합리화를 계속하다 보니 나는 정말 아이 곁에 가서는 안 되는, 흡사 방사능 물질처럼 느껴지더군요.

압니다. 모든 것이 제 마음 편하고자 하는 변명이라는 것을요. 하지만 그때는 정말 자신이 없었습니다. 아이를 내 곁에 두어도 되는 것인지. 내가 아이의 생존에 도움이 되는지, 해가 되는지.

그때 놈에게 연락이 왔습니다. 모든 것을 포기하고 술에 절어 지내던 때에 사라졌던 동업자, 재호가 나타났어요. 놈을 보자마자 멱살부터 잡고 주먹을 날렸습니다. 제대로 힘이 들어가지 않아 헛스윙만 해댔지만 그간의 분을 눌러 놈을 쥐어팼지요. 놈은 반항 한번 없이 맞고 있더군요. 더 이상 몸에 힘이 들어가지 않을 정도로 두들겨 팬 후 놈 위로 엎어졌습니다. 그제야 놈은 입을 뗐습니다.

미안하다고 하더군요. 그럴 의도는 아니었다고, 자기도 예상하지 못했다고. 벽에 난 구멍 하나를 막으려다 보니 눈 깜짝할 사이에 댐이 무너지고 산이 무너지고 하늘이 무너지고 하더라고. 그래도 어떻게든 수습해 보려 뛰어 다니느라 연락을 못했다고요. 어딜 갔었냐고 연락이라도 하지 그랬냐고 되물었더니, 그사이 가족들과 함께 한국을 떠나 있었다고 하더군요.

그 말에 다시 놈의 배를 걷어찼습니다. 그리고 니놈이 니 가족들과 피해 있을 동안 내 가족이 어떻게 되었는지를 말해 줬죠.

　제 이야기를 듣고 놈은 한동안 말을 잃더니, 울더군요. 어린아이처럼 목을 놓아 울더이다. 어이가 없기도 하고 힘을 빼고 나니 허탈하기도 해서 놈을 붙잡고 저도 같이 울었습니다. 쉰 소리도 나오지 않을 때까지 부둥켜안고 울었습니다. 둘 다 탈진 상태로 울다가 겨우 한숨 돌리자, 놈이 그러더군요. 떠나자고요.


　재호는 유산으로 받기로 했던 부동산을 정리해서 놈들이 제시한 금액은 아니지만 그래도 얼추 맞춰 볼 수 있을 정도의 돈을 지불하고 사채업자들과 합의를 봤습니다. 그러고 난 뒤에 미국에서 다시 시작하자고 했습니다. 친척이 운영하던 사업체를 헐값에 이어받기로 했으니, 그곳에서 새롭게 시작하자고요.

　그렇게 당하고도 또 믿었냐고요? 놈을 믿었다기보다, 선택의 여지가 없었습니다. 자포자기하고 술만 퍼마시고 있는다고 해결될 일이 아니었으니까요. 버러지 같은 상황에서 조금이라도 나아져 유신이를 데려와야 했으니까요.

　그길로 미국으로 떠났습니다. 유신이 외할머니에게 유신이가 있는 보호소 연락처를 알려주고는 말이지요.


　일만 했습니다. 남들이 말릴 정도로 미친 듯이 일만 했습니다.

잠자고 밥 먹고 화장실 가는 시간을 빼고는 일에 미쳐 살았습니다. 그 외에 저를 위한 시간을 보내면 보이지 않는 손이 제 머리채를 잡아 지옥으로 끌고 갈 것 같아 두려웠습니다. 제 인생은 이제 존재하지 않는다고 생각했어요. 살아 있다는 자체가 죄라고 생각했습니다.

매일같이 기도했어요. 얼른 돈을 벌게 해 달라고요. 그 어떤 상황에서도 아이를 지킬 수 있을 만큼 돈을 벌어 돌아가게 해 달라고요. 딸에게, 유신이에게 돌아가는 날을 꿈꾸며 짐승처럼 일만 했습니다.

그렇게 십여 년이 훌쩍 흘렀어요. 세월이 흐른다는 낌새도 못 챘습니다. 눈 깜짝할 사이에 십 년이 흘렀더군요. 미국산 화장품이며 유아용품 등을 수출하던 사업은 다행히 자리를 잡기 시작했고, 어느 정도 사람답게 살 수 있을 정도는 되었지요. 그리고 그때 장모님이 돌아가셨다는 소식을 들었습니다.


십여 년 만에 아이를 처음 보았지요. 아이를 만나면 무슨 말을 할까, 어떤 말로 내 처지를 내 비겁함을 그 세월을 설명할 수 있을까 내내 고민했습니다. 뛰는 심장을 부여잡고 장례식장으로 들어섰습니다. 아이는 어느새 제 엄마의 키를 훌쩍 넘어 있더군요. 저 아이가 그렇게 작던 내 딸이 맞나, 품에 폭 안기던 그 아이가 맞나.

한참을 두리번거렸습니다.

"아버지⋯⋯."

다행인지 불행인지 아이는 저를 알아보더군요. 하지만 아이의
눈동자는 여전히 텅 비어있었습니다. 십여 년의 세월이 지나도 아
이의 눈에는 아무것도 들어 있지 않더군요. 순간 저는 내내 외우고
또 외웠던 용서의 말들을, 변명들을 하얗게 잃어버렸습니다. 그 무
엇도 아이에게 제 죄를 설명할 수는, 용서 받을 수는 없을 거라는
생각이 들더군요.


그 후에는 아시다시피 귀국해 주욱 유신이와 함께 살았습니다.
늘 지뢰밭을 걷는 기분이었어요. 아이가 저에게 언제 화를 낼지, 왜
자기를 버렸냐고 따져 물을지, 두려웠으니까요. 저는 늘 마음의 준
비를 하면서도 겁이 났습니다. 하지만 유신이는 어떤 말도 제게 묻
지 않았어요. 어떤 원망도 하지 않았습니다. 그게 사람을 더 불안하
고 미치게 만들더군요. 저는 그것이 딸아이가 제게 내린 벌이라고
생각했습니다.

침묵이 그 어떤 벌보다 무섭더군요. 아무것도 묻지 않고 어떤 원
망도 하지 않음으로 스스로의 죄를 곱씹고 곱씹으라는 뜻인 줄 알
았어요. 유신이는 언제나 저를 텅 빈 눈동자로 바라보았어요. 그 눈
빛이 칼날처럼 날아와 매일 심장에 박혔습니다. 그 공허한 눈빛이

백 마디 저주의 말을 대신했지요.

"괴로워해라. 혼자 괴로워하다 미쳐 그대로 죽어 버려라."라고.

네, 처음에는 아이가 기억을 못 하는지 몰랐습니다. 십여 년 만에 다시 만났을 때 아이의 표정이 냉담했던 것도 저를 원망하고 있기 때문에 그런 줄 알았어요.

하지만 시간이 지나자 깨달았지요. 몇 번 그때의 이야기를 슬쩍 꺼낸 적이 있었는데 아이가 무슨 말을 하는지 모르겠다는 반응을 하더군요. 그건 의도적인 게 아니라 정말 기억하지 못하는 얼굴이었어요. 그제야 전 아이가 그때의 일들을 완전히 '망각'했다는 걸 알았죠. 아이는 침묵으로 벌을 내린 것이 아니라, 그저 아무것도 기억하지 못하는 거였습니다. 숲에서의 일들을, 자신을 버린 아버지를, 두 번이나 자식을 버린 아버지를 완벽하게 망각했던 겁니다.

다행이라고 생각했냐고요? 아니요. 슬펐습니다. 표현할 수 없을 만큼 처참한 기분이었습니다. 얼마나 그 시간이 괴로웠으면 그때 일들을 완전히 도려내었나 싶어, 제 자신이 혐오스러웠습니다.

아이가 기억하지 못한다는 걸 알게 된 이후 굳이 그때의 이야기를 하지 않았던 건. 도피하려는 마음보다는. 네, 물론 그런 마음도 조금은 있었겠지요. 하지만 그 이유보다는 굳이 삭제하고 싶을 만큼 괴로웠던 기억을 되살리는 게 아이를 위하는 걸까 하는 의문이 들었습니다.

물론 제 생각만 한다면, 허심탄회하게 까놓고 욕을 들어 먹든 절연을 당하든 차라리 저는 그게 마음 편하다고 생각했습니다. 하지만 아이가 기억을 잃었다는 것은 그만큼 그 시간들이 힘겨웠고 잊어버리고 싶을 정도로 괴로웠다는 뜻이 아닐까요. 그렇게 잊고 싶은 기억을 굳이 되살려 무엇 하나 하는 생각이 들었습니다. 네, 지은 죄가 워낙 많아서 이조차도 구차한 변명으로 들린다는 거 압니다. 하지만 지금 유신이 상황에 숲에서의 일들을 떠올리는 것이 결코 좋지 않다고 생각했습니다.

망각은 신이 내린 축복이니까요.

아이의 기억이 돌아온 것 같습니다.

출장 전부터 뭔가 이상하다고는 생각했는데, 다녀온 이후로 아이의 눈빛이 달라져 있더군요. 온도가 생겼달까요. 제가 출장 간 사이에 아이가 '그곳'에 다녀온 눈치입니다. 사위 말로는 말없이 떠났다 며칠 후에 돌아와서 실종 신고도 했던 모양이에요. 한바탕 소동이 있었나 봅니다. '그곳'에 다녀온 것이 맞다면 확실히 모든 걸 기억해 낸 거겠지요.

언젠가는 이런 날이 올 거라고 예상은 했지만 막상 닥치니 겁이 나네요. 네, 언제까지고 피할 수만은 없는 일이니까요. 어젯밤에는 아이가 다그치듯 묻더군요. 물었다기보다 소리를 지르고 화를 냈다고 하는 게 더 맞는 말이겠네요. 뭐라고 했냐고요?

"왜 날 버렸어요? 귀찮았어요? 엄마도 죽어 버렸으니깐 나 따윈 짐밖에 안 됐으니깐? 무슨 말이라도 해봐요! 변명이라도 해 보라구! 왜 날 버렸어!!!!"

아이는 그날 울부짖다 실신했습니다. 울다 지쳐 쓰러진 아이를 보며 결심했어요. 이제 진실을 말해야겠구나 하고요.

선생님의 조언대로 처음부터 끝까지 모든 걸 말하기로 결심했습니다. 아이가 기억을 떠올렸고 제게 진실을 묻는 이상, 더 이상 그 일들을 묻어둘 수만은 없으니까요. 편지를 쓸 겁니다. 눈을 마주하고 이야기하면 감정이 복받쳐 제대로 말할 수 없을 것 같기도 하고. 그리고 저 같은 옛날 사람은 아무래도 자필 편지가 편하다고 할까요.

쓰기 시작하니 뭔가 반성문을 쓰는 것 같기도 하고 기분이 묘하더군요. 몇 장의 편지로 그간의 세월을 설명하기에는 턱없이 모자라겠지만, 그래도 그 어느 하나도 빠트리지 않고 모두 말해 볼 생각입니다. 부디 아이가 편지를 받고 찢어 버리지 않기만을 바랄 뿐이지요.

에필로그

# 연우

온전히 기억한다.

내 어릴 적 잃어버렸던 49일간의 시간을, 그리고 그 시간을 되찾기 위해 고군분투했던 시간들을. 하나도 빠짐없이 고스란히 기억한다.

당신이 원하는 것이 아무도 나를 기억하지 못하는 거라면. 그래서 이 세상으로부터 완벽히 내가 고립되는 일이었다면, 틀렸다. 아무도 나를 기억하지 못해도 나는 나를 기억하기 때문이다. 그것이면 충분하다. 내 기억의 주인은 나이고, 고로 내 삶의 주인도 나다.

취미가 늘었다. 매일 아침 요가를 하고 주말에는 요리를 배운다. 동아리 모임에 들어 새로운 사람들을 사귀었다. 얼마 전에는 지인의 소개로 한 남자를 만났다. 서로 호감을 가지며 좋은 관계를 유지하고 있다. 시간이 날 때마다 가방을 들쳐 메고 여행을 떠나고, 내년에는 대학원에 들어가 새로운 공부를 시작한다. 잠시 포기했었던 배우의 꿈도 천천히 이뤄 갈 생각이다.

나는 더 이상 사람들의 반응을 살피지 않는다. 저 사람이 나를 어떻게 생각하든 어떻게 기억하든 상관없다. 그저 있는 그대로의 내 모습을 보여 줄 뿐이다. 나는 더 많은 사람을 사귀고, 더 넓은 세상으로 나아가고, 더 나은 삶을 살아갈 것이다.

당신의 목적이 당신이 앗아간 기억들 때문에 내 삶이 불행해지는 것이었다면 완전히 틀렸다. 당신의 계획이 틀렸음을 증명하기 위해 나는 내 삶의 순간순간을 온전히 살아낼 것이다. 그로 인해 나라는 존재를 많은 사람들에게 각인시키며 새로운 기억들로 채워진 새 삶을 만들어 나갈 것이다.

내 이름은 정연우.

그 어떤 기억도 나의 현재를, 나의 미래를 발목 잡지는 못한다.

나는 지지 않는다. 당신에게, 그리고 49일간의 기억에게. 나는 지지 않는다.

# 유신

아버지가 보낸 편지를 읽었냐고요? 네, 읽었습니다. 반은 예상했던 내용이고 반은 예상하지 못했던 내용이었지요. 아버지를 원망하지 않는다면 그것도 거짓말이겠지요. 네, 원망합니다. 나를 그 숲에 버리고 온 것에 대해, 너무 늦게 찾으러 온 것에, 나를 찾고 다시 버린 것을, 어머니의 죽음을, 우리 가족을 그런 늪에 빠트린 아버지의 나약함을. 원망했습니다.

하지만 그 모든 원망을 누그러뜨리게 만든 것이 있습니다. 바로 연민입니다. 장문의 편지를 몇 번이고 읽고 나니 내 아버지가 아닌 나를 버린 사람이 아닌, 인간으로서 연민이 들더군요. 연민의 이유는 원망의 이유와 같았습니다. 어쩌면, 어찌하면 이토록이나 나약한 인간일까. 내 아버지는. 그런…… 감정이었습니다.

용서랄 게 무엇 있나요. 세월이 지났고, 저는 어른이 되었고. 그래서 '그럴 수밖에 없었던' 어른의 세계를 이해할 수 있게 되었으니까요. 하지만 어른인 저는 괜찮지만, 괜찮지 않은 이가 있습니다. 숲속에 홀로 두고 온 '그 아이'에게는 용서라는 걸 구해야 될지도 모르겠네요. 그래서 아버지와 함께 숲으로 갔습니다. 그 아이를 만나러. 용서를 구하러.

어릴 적 그때처럼 아버지와 함께 기차를 타고, 구석 자리에 앉아 서로 말없이 창밖을 바라보았지요. 기차에서 내려 역전 우동집에서 우동도 한 그릇 사 먹었어요.

마을버스를 타고 굽이굽이 산길을 올라 숲 입구에 내렸습니다. 그리고 보호 철창을 넘어 숲을 파고들었지요. 달라진 게 있다면 어릴 때에는 아버지가 앞서 걸었지만, 이제는 제가 앞서 걷게 되었다는 거예요. 아버지는 숨이 차 중간중간 제 걸음을 못 쫓아왔고, 멈춰 서서 숨을 골랐어요. 그러면 저는 말없이 아버지가 따라오길 기다렸지요. 그렇게 우리는 숲으로 들어갔습니다.

숲에 도착하자 아버지는 빛에 눈이 멀기라도 한 듯 한동안 눈을 제대로 뜨지 못했습니다. 겨우 시야가 잡히자 천천히 주위를 둘러보셨죠. 우리는 숲속 집을 향해 걸었습니다. 그사이 잡목과 넝쿨이 자라 한 걸음 걸어 나가기도 힘들었죠. 겨우 걸어 숲속 집 앞에 도착했어요.

그 아이가 집에서 나왔습니다. 네, 믿으실지 모르겠지만 아니 믿지 않으셔도 됩니다. 이것은 저만의 아니 아버지와 둘만의 환상일지도 모르지만. 아이는 분명 숲속 집에서 저희가 오기를 기다리고 있었어요. 문이 열리고 낡은 러닝셔츠를 입은 아이가. 그러니까 어릴 적 유신이가 문을 열고 나왔습니다. 아이를 발견하고 아버지는 잠시 넋을 놓았다가 온몸을 떨기 시작하더군요. 나중에는 쓰러지는 게 아닐까 싶을 정도로 충격을 받으신 듯 했습니다.

"아빠!! 왜 이제 왔어!"

그때 아이가 외쳤습니다. 그리고 달려와 아버지 품에 안겼지요. 환상이 품에 닿자 아버지는 파도에 부딪힌 모래성처럼 무너졌습니다. 그리고 울부짖기 시작하셨죠.

"미안하다!! 미안하다!! 아빠가 늦게 와서 미안해! 무서웠지! 아빠가 미안해!"

아버지의 울음소리가 숲을 울렸습니다. 어느새 아이는 사라지고 아버지와 저는 서로 부둥켜안고 검은 숲에서 울고 있었습니다.


선생님, 오랜만이네요. 모두 선생님 덕분입니다. 그 이후로 숨이 가빠지고 좁은 곳을 찾아가는 증상은 없어졌어요. 사실 완벽히 없어진 것은 아니고 아직도 가끔 악몽을 꾸거나 고립된 곳에 홀로 남겨지면 이명이나 현기증이 일 때도 있습니다. 네, 어떤 상처든 한 번에 거짓말처럼 사라지는 일은 없지 않나요.

숲에 다녀간 이후로 그 숲속 집을 매입했습니다. 뚜렷한 소유주가 없어서 시간이 걸렸지만, 복잡한 절차를 거쳐 그 산의 일부와 숲속 집을 우리 소유로 만들었지요. 그리고 그 집은 지금 가족 별장으로 쓰고 있습니다.

지난주에 처음으로 남편과 아이들, 그리고 아버지와 함께 숲속 집으로 휴가를 갔습니다. 무엇보다 아이들이 좋아하더군요. 남편은 장인어른과 나만 좋은 데 다녔던 거냐며 입을 삐죽였고요.

아버지는 그다지 달라진 게 없어요. 여전히 과묵하고 감정을 드러내지 않으시죠. 하지만 문득문득 한참 동안 허공을 응시할 때가 있어요. 제 생각에는 저처럼 가끔 그 아이의 환상을 보는 게 아닐까 생각합니다.

숲속 집을 별장으로 바꾸고 처음으로 잠들던 밤을 잊지 못합니다. 사실 좀 두려웠어요. 그 집으로 다시 돌아간다는 게. 아무렇지 않은 척 태평하게 누워 있을 수 있다는 게 무섭기도 하고 신기하기도 하고 그랬습니다. 하지만 그때와 달리 저에게는 아이들과 남편과, 그리고 아버지가 있으니까요.

네, 선생님. 저는 이겨 낸 것 같아요.

완벽하지는 않지만, 그 어떤 기억도 나의 현재를, 나의 미래를 발목 잡지는 못한다는 것을 깨달았습니다.

저는 지지 않습니다. 불행에게, 기억에게. 저는 지지 않아요.

작가의 말

십 년이 걸려 완성한 이야기이다.

연우, 유신. 두 주인공처럼 내 속의 가장 어둡고 깊은 곳에서

끌어올린 기억이기도 하다.

우리는 괴로웠던 기억을 잊기 위해 애쓰며 살아간다.

하지만 많은 이들이 쉬이 잊지 못해 고통스러워한다.


이야기 속 두 소녀는 기억으로부터 '살아남은 자'들이다.

나는 그들의 목소리를 빌려 말하고자 한다.


'지지 않기를. 그 모든 힘겨웠던 기억으로부터.'

**누구나 다 아는**
**아무도 모르는**

초판1쇄 인쇄일 2017년 5월 15일
초판2쇄 발행일 2019년 11월 27일

| | |
|---|---|
| 기획 | 정미진 |
| 일러스트 | 변영근 |
| 펴낸곳 | atnoon books |
| 펴낸이 | 방준배 |
| 디자인 | 권으뜸 |
| 교정 | 엄재은 |
| 등록 | 2013년 08월 27일 제 2013-000257호 |
| 주소 | 서울시 마포구 연남로 30 |

| | |
|---|---|
| 홈페이지 | www.atnoonbooks.net |
| 인스타그램 | atnoonbooks |
| 페이스북 | atnoonbooks |
| 유튜브 | yt.vu/+atnoonbooks |
| 연락처 | atnoonbooks@naver.com |

ISBN 979-11-952161-9-2  03810
이 책의 글과 그림의 일부 또는 전부를 재사용하려면 반드시
저작권자의 동의를 얻어야 합니다.
ⓒ 정미진 2017

이 도서의 국립중앙도서관 출판시도서목록(CIP)은
서지정보유통지원시스템 홈페이지(http://seoji.nl.go.kr)와
국가자료공동목록시스템(http://www.nl.go.kr/kolisnet)에서
이용하실 수 있습니다.(CIP제어번호: CIP2017011210)

정가 15000원